L'inconnu de Noël et moi !

Eva Baldaras

L'inconnu de Noël et moi !

Romance d'hiver

© 2020 Eva Baldaras

Éditeur : BoD-Books on Demand
12-14 rond-point des Champs-Élysées, 75008 Paris
Impression : Books on Demand, Norderstedt, Allemagne

Couverture : Fotolia

ISBN : 978-2-322-259-250
Dépôt légal : décembre 2020

« Tous droits de reproduction, d'adaptation et de traduction, intégrale ou partielle réservés pour tous pays. L'auteur ou l'éditeur est seul propriétaire des droits et responsable du contenu de ce livre. Le Code de la propriété intellectuelle interdit les copies ou reproductions destinées à une utilisation collective. Toute représentation ou reproduction intégrale ou partielle faite par quelque procédé que ce soit, sans le consentement de l'auteur ou de ses ayant droit ou ayant cause, est illicite et constitue une contrefaçon, aux termes des articles L.335-2 et suivants du Code de la propriété intellectuelle »

„Love me, please love me
Je suis fou de vous.
Pourquoi vous moquez-vous chaque jour de mon pauvre amour ?"
Michel PolnareffLove me, please love me (1966) de Michel Polnareff.

« A toi, mon coup de foudre qui dure !

A toi, qui a capturé mon cœur alors qu'il était inaccessible,

A nous deux, qui avons traversé tant d'épreuves ensemble depuis que nous parcourons notre route main dans la main.

Pour nous, tout est allé très vite,
un regard et nous étions ensemble,
quelques jours et nous nous sommes dit « oui »,
quelques mois, et nous nous sommes offert le fruit de notre amour, notre belle et précieuse « petite » fille,
car lorsque l'on a la chance de trouver la bonne personne, il faut foncer, pour vivre pleinement et intensément chaque seconde, car la vie ne tient qu'à un fil…
Nous en savons quelque chose… »

« A vous, lecteurs, lectrices, qui allez me lire, je vous souhaite tout le bonheur du monde, et de vivre chaque seconde pleinement avec celui ou celle que vous portez dans votre cœur.

Et si vous n'avez pas encore trouvé votre moitié(e), je fais le vœu que vous croisiez son chemin très vite !»

Eva Baldaras

Prologue

Une voyante m'a prédit un jour que je rencontrerais l'homme de ma vie par hasard lorsque je m'y attendrais le moins, qu'il serait bélier, un signe compatible avec le mien, alors s'il te plaît, père Noël, vu que cela fait maintenant un an que j'attends et que la solitude commence sérieusement à me peser (et surtout que j'ai eu trente ans cette année et que je vais bientôt être très vieille), offre-moi cet homme pour Noël, cette année… fais-le tout de suite, pourquoi pas ? De la manière que tu veux ! Avec un signe de reconnaissance ! Ainsi, je saurai que tu existes… Merci d'avance.

Nous sommes la semaine de Noël, la semaine où mon frère, Julian, épousera sa fiancée québécoise, qui porte le joli prénom de Charlie. Ils se marient dans quatre jours, le soir du réveillon du 24 décembre. Moi, je vais les rejoindre grâce à cet avion, dans lequel j'ai pris place, en partance pour Montréal qui, me semble-t-il, tarde un peu à partir…

N'ayant aucune information sur le retard (qui s'élève déjà à quinze minutes), inquiète (car je ne voudrais pas que le vol soit annulé), je hèle une hôtesse passant à proximité de mon siège.

— Excusez-moi, pouvez-vous m'expliquer pourquoi l'avion n'est toujours pas autorisé à décoller ? je l'interroge poliment avec un sourire toutefois crispé.

Elle s'arrête un instant pour me répondre d'une voix très douce accompagnée d'un sourire éclatant.

Je me demande comment font les hôtesses de l'air pour toujours être d'humeur joyeuse.

— Oh, bien sûr. Nous attendons notre dernier passager et nous décollerons tout de suite. Ne vous inquiétez pas, le vol arrivera bien à l'heure à Montréal !

— Je vous remercie.

Une fois qu'elle disparaît de ma vue (ou plutôt l'inverse), je souffle en jetant un œil à travers le hublot comme si cela pouvait changer quelque chose. Mais puisqu'il faut patienter, quelle autre solution ai-je ? Aucune.

Faut-il m'agacer pour autant ? Non !

Car aujourd'hui, je m'apprête à faire un vol de presque huit heures, dans un avion bondé, en direction du Canada, en plein hiver, avec un décalage horaire de six heures.

Et je suis hyper contente !

Pourtant, ce matin, j'avais plusieurs raisons de m'énerver : d'abord, j'ai failli oublier ma trousse de toilette (récupérée *in extremis* grâce à l'un de mes colocataires, qui m'a rattrapée dans l'escalier de mon immeuble, l'objet précieux à la main), ensuite, rater mon taxi (qui m'attendait déjà depuis dix minutes), sans parler de l'embouteillage dans Paris en raison d'une grève, et pour finir, j'ai manqué glisser sur une peau de banane… et cela m'a fait rire !

Rien ne peut ternir ma journée, rien !

Je souris en pensant qu'à l'hôpital, ils ne pourront pas m'appeler à la rescousse en cas de besoin, car je serai loin : de vraies vacances ! Même si au fond, je culpabilise un peu… *j'espère que mes collègues qui sont de garde les jours de fête n'auront pas trop de travail.*

Je respire profondément, puis je jette un œil à travers le hublot une nouvelle fois pour y découvrir le bitume et le ciel gris. Les premiers flocons sont tombés sur Paris ce matin et ils prévoient une tempête de neige. C'est bien la première fois depuis des siècles qu'il fait ce temps-là ici !

On dirait que tout change.

Alors, sans aucune raison, mon esprit se remémore la tragédie qui a frappé mes parents il y a cinq ans. Un accident stupide, un jour de froid glacial, sur une route glissante et enneigée. Ensuite, la date de leur mariage : un 24 décembre. Je me demande si Julian a choisi cette date *exprès* en leur mémoire. Et enfin ma vie sentimentale, qui n'est que catastrophe depuis que j'ai quitté Noah quand j'ai découvert son infidélité, il y a un an. Je suis persuadée que je ne trouverai jamais d'homme qui me conviendra, malgré ce que m'a dit cette stupide « voyante » de foire.

Une certaine amertume me gagne et je soupire, mes parents me manquent toujours autant. La vie est injuste. Ce qu'il leur est arrivé est injuste. L'hiver ne devrait pas exister. Jamais.

Et moi, je suis seule à Paris.

Mon petit frère vit au Canada depuis maintenant deux ans officiellement, comme un vrai citoyen, je veux dire. Depuis qu'il a mis les pieds là-bas avec un programme d'étudiants, il en est tombé amoureux.

Le Canada. Le pays des immenses espaces, celui qui l'a fait rêver depuis tout petit, ce pays qui lui a offert son premier poste de journaliste et celui où il a rencontré sa future femme. Je suis la seule famille qui lui reste et bientôt, il va en construire une à lui. Je soupire une nouvelle fois. Il va se caser à seulement vingt-cinq ans et moi, qui en ai trente, je n'ai toujours pas trouvé chaussure à mon pied. En songe, je revois son visage, que j'aperçois *via* Skype au moins une fois par semaine, et un sourire étire mes lèvres. J'adore mon petit frère. Je me demande si je ne devrais pas faire pareil que lui pour être auprès de lui. Partir à Montréal ? Je suis infirmière, peut-être pourrais-je me renseigner pour savoir comment trouver un poste dans un hôpital québécois ? Il m'a souvent proposé de m'aider à faire les démarches administratives pour devenir résidente au Québec, mais jusqu'à présent, je n'étais pas d'accord. Alors que finalement...

Mes lèvres coulent un sourire et je me sens déjà beaucoup mieux.

Vivre au Québec, pourquoi pas ? Montréal est francophone, je n'aurais même pas à parler anglais, d'autant plus qu'il paraît que c'est une ville renfermant des trésors inestimables. Certes, les températures sont sévèrement négatives durant l'hiver la majeure partie du temps, mais en été, elles sont douces : ni trop chaudes ni trop froides.

Cette idée me plaît de plus en plus.

De toute façon, qu'est-ce qui me retient à Paris actuellement ? Mon travail. *Et mon travail ne sera plus un problème. Mes amis colocs ? Je peux entretenir une relation à distance et les revoir lorsque je viendrai à Paris « en touriste ».*

Mon visage s'illumine, je suis satisfaite de ma réflexion : dès mon arrivée au Québec, j'y penserai sérieusement !

Je prends une profonde inspiration et je me sens de mieux en mieux.

Et moins seule.

Je regarde une nouvelle fois à travers le hublot lorsque je suis interrompue par quelqu'un qui prend place brusquement à mes côtés. Curieuse, je tourne ma tête vers lui pour prendre connaissance de son identité. Ou plutôt de son visage... ou plutôt de ses yeux... des yeux gris magnifiques qui glissent sur les miens, repartent et reviennent comme si la scène tournait au ralenti, pendant que les miens, immobiles, semblent y être attachés par un fil invisible. On dirait que son regard est... aimanté, car je n'arrive pas à m'en défaire. Une onde de désir inattendu m'enflamme.

C'est quoi, cette nouveauté ?
Père Noël, c'est toi qui me fais ce coup-là ?

Le pilote annonce le décollage : *a priori*, c'est mon voisin qu'on attendait.

— Pourquoi me fixez-vous de cette façon ? me demande-t-il comme un reproche.

Déstabilisée par sa phrase d'entrée en matière insolente alors qu'une introduction par un « bonjour » aurait été plus appropriée, le rouge me monte aux joues, moi qui suis consciente de l'effet que son regard brûlant a sur moi, de l'attrait qu'il dégage et de l'intensité de son expression sombre. Pourquoi me scrute-t-il comme si je le fascinais, maintenant ? Ses yeux gris semblent scintiller...

Non, mais, pourquoi j'ai l'impression qu'il me déshabille virtuellement ?

Je me racle la gorge pour reprendre mes esprits qui s'égarent, puis je me présente.
— Bonjour, je m'appelle Elyna, lui réponds-je d'une voix aimable.

Il incline la tête et me dévisage avec de gros yeux, comme si j'étais une extraterrestre. Mes narines détectent son odeur, un soupçon de parfum musqué et définitivement alléchant pour mon pauvre cerveau désorienté par son *sex-appeal.*

Il plisse le front et retrousse sa lèvre supérieure la bouche ouverte, comme s'il éprouvait du dégoût.

À mon tour, maintenant.

Je fronce les sourcils et j'ose une remarque qui le provoque, bien qu'elle soit bien d'actualité.

— Je trouve que vous n'êtes pas très poli, monsieur.

Il lève les yeux au ciel, puis souffle sans me répondre, comme si je l'importunais. Ma bonne humeur et mon trouble me quittent. Déterminée à ne pas me coltiner cet énergumène pendant tout le voyage, je décide d'interpeller l'hôtesse de l'air pour qu'elle m'autorise à changer de place.

Par chance, celle-ci exécute un nouveau passage dans « notre » couloir.

— S'il vous plaît ! Puis-je permuter ma place avec celle d'un passager qui l'acceptera ? Un homme, de préférence. Je dis ça par rapport à mon voisin, qui ne me paraît pas très affable avec la gent féminine.

La jeune femme s'arrête pour me répondre, mais elle est prise de court par mon voisin *provisoire,* qui prend la parole à sa place.

— C'est impossible, car en cas de *crash,* il faudra que la compagnie aérienne puisse vous identifier pour annoncer votre décès à vos proches.

Charmant !

L'hôtesse me lance un regard horrifié et réconfortant à la fois. Je me demande d'ailleurs comment elle arrive à faire cela.

Elle confirme les dires de mon voisin. Enfin, en quelque sorte.

— C'est interdit dans les règles de notre compagnie, mademoiselle. Vous devez rester à votre place.

Elle m'affiche un sourire professionnel, puis fusille mon voisin du regard, avant de terminer sa prose :

— Et il n'y aura pas de crash, monsieur. Inutile de faire peur à tout le monde.

Sans aucun autre mot, elle poursuit son chemin en le fusillant du regard une nouvelle fois, pendant que moi, j'exécute un long et profond soupir désespéré, trahissant ma déception. Je vais devoir le supporter pendant tout le voyage.

C'est une blague, père Noël ? Si c'est ça, ce n'est pas drôle !

Le mec à côté de moi se laisse aller contre le dossier de son siège, puis ferme ses paupières en marmonnant.

— Elle est dingue de moi.

Je lève les yeux au ciel et secoue ma tête rapidement de gauche à droite : comme s'il était irrésistible ! Il m'agace tellement en cet instant que je ne peux m'empêcher de rétorquer une réplique bien salée à son intention, même s'il semble s'être assoupi. Tant pis si je le réveille !

Père Noël, je ne suis pas désespérée à ce point !

— Je doute qu'un homme de votre espèce, aussi mal élevé et arrogant, intéresse une seule femme ici !

Il roule la tête sur son dossier dans ma direction et ouvre les yeux d'un coup pour me fixer. Un éclair envahit mon estomac : angoisse ? Peur ? Effet de surprise ?

Dernière proposition valable…

Sa bouche laisse échapper un sourire en coin avant d'articuler des mots. Sa bouche est… *Mon Dieu, mais pourquoi je pense à sa bouche, moi ?*

— Vous ne le savez pas encore, mais vous coucherez avec moi, m'affirme-t-il.

Je me raidis, stupéfaite. *Il est sérieux, là ?*

Je fulmine et lui lance un regard meurtrier. Indifférent, il ferme les yeux avec insolence, puis continue de plus belle.

— M'envoyer en l'air dans les toilettes d'un avion m'a toujours fait fantasmer.

Hein ? Il m'invite à... quoi ?! Non, mais quel culot !

— Eh bien, pas moi !

— Vous n'en êtes pas certaine. Alors, ça vous dit ? poursuit-il, les yeux clos.

Je n'en crois pas mes oreilles ! Quelle impertinence ! Pour qui me prend-il ? Je ne couche pas avec le premier venu ! Je sens la moutarde qui me monte au nez, qui chatouille mes narines et je tente par tous les moyens de contrôler mes nerfs, qui sont à vif.

— C'est non, sans façon ! terminé-je, outrée.

Franchement, père Noël, tu abuses, là !

— Vous ne le regretteriez pas... me dit-il encore en rouvrant les yeux.

— J'ai un petit ami ! lancé-je du tac au tac, alors que c'est faux et que je ne sais pas pourquoi je dois me justifier.

Ni pourquoi je me sens obligée de le fixer à chaque fois que l'un de nous deux parle !

— Ça ne me gêne pas, me répond-il.

Je n'y crois pas ! Son toupet me révolte.

Je lui réponds d'un ton sec, excédée.

— Moi, si.

Connard arrogant ! S'il continue, je vais porter plainte !

— OK, comme vous voulez. Ma proposition est valable pendant le vol, conclut-il en prenant une forte inspiration.

Non, mais quel abruti ! Je suis sûre que de la fumée s'échappe de mes oreilles tant mon énervement est monté. Je bous intérieurement et je pense que cela doit se voir sur mon visage, car j'ai soudain très chaud. *Tu parles d'un cadeau !*

— Non, mais à quel moment vous ai-je dit que vous m'intéressiez ? m'écrié-je.

— Lorsque vous avez maté mes yeux et mes mains, me dit-il en m'adressant un clin d'œil appuyé.

— Non, mais, à quel moment vous ai-je laissé croire que vous pouviez me faire une telle proposition ?

— Lorsque vous avez jeté un œil à mon entrejambe tout à l'heure, me répond-il en désignant cette partie de son anatomie avec son index droit.

Mon visage s'empourpre pour de bon alors que je refuse qu'il le fasse, mais celui-ci ne m'écoute pas. J'ai juste jeté un œil comme ça… par inadvertance !

C'est vraiment vrai, ce que tu racontes ?

Oui, je sais, père Noël, je l'ai « un peu » regardé « à l'endroit que tu sais », mais il tire des conclusions trop hâtives ! Et puis, je t'avais demandé un homme genre relation stable, pas un coup vite fait dans un avion !

— Quoi ? Non, mais je rêve ! Je ne vous ai pas… je regardais le… bref, à quel moment vous ai-je autorisé à me parler ? lui demandé-je en bégayant, complètement perturbée.

Il détourne son regard de moi avant de me répondre d'un ton ironique.

— Je n'ai pas besoin d'une autorisation, je fais ce que je veux et là, je n'ai plus envie de vous parler. J'ai eu un dur moment tout à l'heure et une journée de merde.

Ensuite, il ose me dévisager une nouvelle fois. Ses yeux ont l'air de sourire pendant que je plisse mes yeux d'une hargne qui l'abat sur place. Si j'avais un flingue, je crois bien que j'aurais descendu ce type.

Excuse-moi, père Noël, mais il pousse le bouchon un peu loin !

— Ça tombe bien, moi, je n'ai jamais eu envie de vous parler, conclus-je en croisant mes bras autour de ma poitrine et en serrant mes dents.

Il m'énerve à un point inimaginable, autant que ses yeux et ses mains qui me font de l'œil.

Non, mais je divague ou quoi ?

— Cool ! me répond-il comme s'il était finalement soulagé, ce qui m'agace encore plus.

— Fermez-la ! crié-je peut-être un peu trop fort.

Imperturbable et faisant mine de n'avoir rien entendu, le mec reprend le fil de la conversation comme si elle était naturelle. Et surtout, comme si je l'avais autorisé à me parler !

— Et sinon, vous vous rendez à Montréal pour affaires ? ose-t-il encore me demander en changeant de sujet sur un ton plus cordial.

— Ça ne vous regarde pas ! lui rétorqué-je d'un ton sec.

J'ai dû élever un peu trop la voix, car l'hôtesse refait une apparition pour prendre de mes nouvelles. À ma grande stupeur, je la chasse en m'en prenant à elle, alors qu'elle n'y est pour rien dans ce qui m'arrive.

— Vous allez bien, mademoiselle ? s'inquiète-t-elle.

— Je ne vous ai pas appelée, que je sache ! Je vais très bien, merci !

Je suis tout à fait consciente que mon ton est un peu rude alors qu'elle essaie juste de m'aider face à l'énergumène qui ne cesse de m'importuner, mais je ne m'excuse pas, car je peux me débrouiller toute seule ! Et surtout, je ne donnerai pas ce plaisir au mec du siège d'à côté, qui risquerait de penser que je suis une poule mouillée.

— Très bien, me répond-elle avec un visage sans sourire.

Je crois bien que je me suis fait une ennemie. Il faudra que j'aille m'excuser tout à l'heure.

— En colère, vous êtes bandante, ajoute-t-il. Jetez un œil à mon entrejambe, il durcit…

Au summum de ce que je peux supporter, je me redresse, ma main se lève et je lui assène une gifle magistrale sur sa joue droite, ce qui m'oblige à me rapprocher de lui. Il porte sa main à sa joue, attrape la mienne au vol avec son autre main et je reçois une décharge électrique. Un sourire diabolique apparaît sur ses lèvres.

— OK, j'imagine que je l'ai méritée. En fait, je voulais juste vous tester. Vous ne seriez pas sur la liste des femmes avec qui je pourrais coucher, de toute manière. Quoique…

Il semble réfléchir, puis poursuit sur un ton nonchalant :

— Non, désolé, vraiment, vous n'êtes pas mon genre, conclut-il avant de me lâcher ma main.

Quel goujat ! Du coup, ses yeux gris me paraissent un peu fades, cependant, un frisson s'échappe de mon corps lorsque sa main glisse sur la mienne en me libérant.

Vraiment, c'était quoi, cette sensation bizarre… ?

J'inspire un bon coup, puis expire lentement pour me calmer avant de lui répondre. Sa main était si douce... *Non, mais je délire ?!*

— Vous non plus, vous n'êtes pas mon type. De toute façon, je n'aime pas les retardataires comme vous qui font attendre un avion entier en se prenant pour le nombril du monde.

Donc, je ne suis pas assez bien pour lui ? Connard ! Tu crois que tu es mon genre, toi ? Peut-être, finalement, sans cette insupportable impertinence...

— J'ai perdu un pari avec mon meilleur ami et je me suis engagé à coucher avec tous les contacts féminins qu'il a enregistrés dans son téléphone, donc j'aurai bientôt ce qu'il me faut, m'avoue-t-il soudain.

Mais je m'en fiche !
Sérieux, père Noël, ton cadeau ne me va pas du tout !
Et toi, la voyante, ta rencontre au hasard, pfff...

Il boucle sa ceinture pendant que je porte ma bouteille d'eau à ma bouche, puis reprend d'une voix extrêmement douce.

— Quoique, si vous voulez vous envoyer en l'air dans les toilettes de cet avion... bon, OK, j'arrête... Au fait, mon engin est de taille XXL...

Hein ? Père Noël, arrête-le ou je te jure que je vais l'étrangler !

J'avale de travers, puis tousse tandis qu'il éclate de rire.

— Je fais toujours ça la première fois que je parle aux femmes, termine-t-il avec un clin d'œil.

— Vous n'êtes pas mon type d'hommes, je déteste les barbus !

— Ça, ça peut s'arranger... en fait, je n'aime pas les blondes non plus.

Ça, ça peut s'arranger... aussi...

C'est toi qui m'as fait penser de telles bêtises, père Noël ?

Je vais faire semblant de ne rien avoir entendu et observer avec curiosité les nuages à travers le hublot. Je vais dormir et lire pendant tout le voyage, et penser à autre chose que la chaleur qu'il a provoquée entre mes cuisses.

Père Noël, à partir de maintenant, reste en dehors de ma vie sentimentale.

Je tapote nerveusement mes ongles sur la tablette devant moi. C'est plus fort que moi, je ne peux pas en rester là, donc, j'ajoute encore une remarque à son attention, alors que je devrais me taire.
Mais il est tellement, tellement agaçant !!!
Quelqu'un doit le lui apprendre.
— Vous… vous êtes exaspérant !
Il me scrute un instant et son regard me donne des picotements dans le bas-ventre.
C'est une traduction de la colère dans mon corps, sans doute… quoi d'autre ?
— Finalement, je me suis trompé. Avec votre allure de Parisienne guindée, je pensais que vous étiez superficielle… que vous n'aviez rien dans le ventre et je ne sais pas pourquoi, j'ai eu envie de vous pousser à bout, pour voir jusqu'où vous me laisseriez aller.
Il se penche vers moi et son souffle m'attrape de plein fouet, puis me donne le vertige. Mon cœur tape dans mes tempes tandis qu'il termine en beauté.

— Je suis ravi de constater que vous ne vous laissez pas faire. N'y voyez rien d'autre, termine-t-il avec un clin d'œil.

C'était donc un test ?! Il me provoquait ? Mais pourquoi ? Et puis, qu'est-ce qui ne lui convient pas dans mon allure ?

De quoi je me mêle, d'ailleurs ? Je m'habille comme je veux !

— C'est certain, je ne suis pas du style à me laisser faire, mais en quoi cela vous importe-t-il ? lui demandé-je d'un ton plus modéré en lui jetant un coup d'œil à la dérobée, alors que sincèrement, je ne comprends pas pourquoi je poursuis la conversation avec lui.

Et pourquoi j'ai l'impression que ses yeux s'accrochent aux miens à chaque fois qu'il me regarde... ?!

— Parce que j'aime bien que les femmes qui me plaisent me résistent d'abord.

Je ne sais pas pourquoi, mais là, maintenant, j'ai juste envie qu'il m'emporte avec lui quelque part, me plaque contre un mur, écrase ses lèvres sur les miennes et me fasse taire.

Non, mais je suis vraiment tarée ! Père Noël, au secours !!

— Je suis désolé. Aujourd'hui, j'ai vraiment eu une dure journée, je voulais juste plaisanter un peu, conclut-il avec une étincelle dans les yeux.

Son aveu me transperce et j'ai mal au ventre, un mal vraiment bizarre... Comment vais-je arrêter cette chaleur qui ne cesse d'augmenter entre mes cuisses, maintenant ?

J'ai besoin de chocolat, beaucoup de chocolat !

Il m'offre un sourire tellement *sexy* que cela me chamboule, mais m'envoyer en l'air avec un inconnu... très peu pour moi !

Il détourne sa tête, puis se laisse aller sur son siège pour enfin fermer les yeux et me laisser tranquille une bonne fois pour toutes.

Moi, je serre les cuisses en écoutant la voix du pilote qui surgit enfin.

« Mesdames, messieurs, bienvenue à bord de ce Boeing 777 à destination de Montréal. La durée du vol sera de sept heures et trente-cinq minutes. Nous atterrirons à l'aéroport international Pierre-Elliott-Trudeau à dix-sept heures trente-sept heure locale. Aucune perturbation n'est prévue pendant toute la durée du vol. Nous vous souhaitons un agréable vol en notre compagnie et vous remercions d'avoir choisi Air France ».

Sept heures trente-cinq minutes à supporter mon voisin. Ou plutôt l'effet qu'il a sur moi, parce qu'il est assis dans le siège d'à côté et qu'il m'ignore complètement.
Et moi ? Idiote que je suis ?!
Je brûle d'envie pour un inconnu qui m'insupporte !

Chapitre 1.

Montréal

L'avion atterrit sous les applaudissements des passagers.
Terre ferme.
Enfin !
Des cliquetis résonnent, des passagers se lèvent déjà même si les instructions ne nous ont pas encore été données, d'autres tentent de récupérer leurs bagages cabines ou stagnent dans le couloir, prêts à bondir à l'extérieur dès qu'ils en auront la possibilité. Quant à moi, je fourre mes mains dans mon sac pour y saisir mon portable, en ignorant mon voisin, qui reste apparemment assis. Il faut que j'envoie un message à mes colocs et à Julian pour les prévenir de mon arrivée sans encombre.

Le barbu choisit le moment où j'écris le premier SMS pour m'adresser la parole. En réalité, il a dormi pendant tout le voyage. *Abruti* !

— Quelqu'un vous attend ? me demande-t-il soudain.

Je tourne mon regard vers lui un instant pour constater qu'il me dévisage en lorgnant ma poitrine. Je souffle, irritée, même si — je l'avoue — j'ai un peu déboutonné mon chemisier tout à l'heure. Comme ça, pour rien.

C'est ça, oui, ma pauvre fille, tu es vraiment pitoyable !

J'improvise une réplique que je juge sans appel.

— Mon petit ami.

Sa réponse ne tarde pas.

— Moi, mon amie « femme » m'attend chez elle, je préfère prendre une voiture de location pour avoir plus de liberté, surtout lorsque j'aurai pécho, pour vous savez quoi.

Je lève les yeux au ciel avant de lui répondre d'un air désintéressé, alors qu'en réalité, je ne sais pas pourquoi, mais sa confidence m'agace un peu.

Et puis pourquoi m'a-t-il précisé qu'il s'agissait d'une femme, déjà ? Je. M'en. FOUS !!

— Ce que vous faites ne m'intéresse pas, lui rétorqué-je sèchement.

Et toc !

— Vous ne le savez pas encore, mais un jour, cela vous intéressera, me répond-il d'un calme olympien en accompagnant sa réplique d'un sourire ravageur qui me fait de l'effet malgré moi.

Je hausse les épaules et lève les yeux au ciel une nouvelle fois, pour lui montrer qu'il raconte n'importe quoi. Inutile de m'énerver, il va bientôt disparaître de ma vue. Inutile non plus d'imaginer que je pourrais le rencontrer un jour à Montréal ! C'est la ville la plus peuplée du Québec après Toronto et Vancouver, elle compte plus d'un million d'habitants. Ce serait un véritable miracle si je le croisais à nouveau et pour ma part, je ne crois plus aux miracles depuis longtemps.

Ni au hasard ni à toi, père Noël !

— Tenez ma carte, si jamais, me dit-il en haussant ses sourcils plusieurs fois de suite.

Ce qu'il est agaçant, là !

— Vous ne le savez pas encore, mais vous n'arriverez peut-être pas à coucher avec tous les contacts téléphoniques féminins de votre meilleur ami ! lui rétorqué-je comme si ses intentions me touchaient, alors que c'est faux.

Avoir une amie femme ne l'empêche pas de coucher avec d'autres femmes.

Il la teste aussi ? Je m'en fiche !

— Peut-être, mais il y a d'autres femmes à Montréal ! Personne ne me résiste bien longtemps ! termine-t-il avec un clin d'œil bref.

Quel goujat !

Je lui prends la carte qu'il me tend d'un geste brusque.

Il me sourit d'un air satisfait.

Je lui rends un sourire ironique.

Puis je la déchire devant ses yeux et dépose les petits morceaux dans le sachet prêt à accueillir les fluides des passagers pendant le vol.

Ça lui apprendra à coucher avec n'importe qui !

Il se fige, son sourire s'évanouit et le mien revient.

Le visage sans expression, il se lève sans un mot de plus.

Nous sortons de l'avion, lui loin devant moi et moi loin derrière lui.

Cette fois-ci, j'en suis enfin débarrassée.

Et je peux oublier ses yeux, la douceur de sa main et son entrejambe, qui paraissait gigantesque, tout à l'heure.

Les joues rouges de honte après ma dernière pensée, je récupère mes bagages et je me dirige vers la station de taxis. Julian m'en a réservé un, craignant de ne pas être à l'heure. Je scrute tous les panneaux qui sont tendus à l'attention des arrivants et ne tarde pas à trouver mon nom.

Une fois dans le véhicule, je me cale à l'arrière, puis vois défiler le paysage sous mes yeux. Il sent bon la neige, le froid et me donne comme une envie de chocolat chaud. Il est décoré de guirlandes de Noël, de lutins, de gens emmitouflés dans leurs manteaux, une écharpe autour du cou.

Le chauffeur fait office de guide pendant le court voyage qui me rapproche de plus en plus de Julian.

— C'est la première fois que vous venez à Montréal ? me demande-t-il d'un ton joyeux.

— Oui, lui dis-je en admirant le paysage immaculé.

— Vous verrez, vous reviendrez ou alors, vous resterez, me répond-il avec un sourire que j'aperçois dans le rétroviseur.

Je le lui rends, puis retourne à ma contemplation.

— Les édifices sont simplement magnifiques ! m'exclamé-je.

— Ici, nous sommes Place d'Armes, vous pouvez apercevoir quelques bâtiments emblématiques du Vieux-Montréal et là, une brasserie qu'il faudra visiter ! Vous pourrez venir goûter un *brunch*, je vous recommande l'assiette œufs, bacon, saucisses, creton et fèves au lard. Simplement excellente !

— Il y a de la neige partout, mais c'est tellement chaleureux que c'en est curieux ! lui dis-je en collant mon visage émerveillé à la vitre du taxi.

— C'est vrai et en cette saison, l'esprit de Noël est partout ! Regardez à votre droite, c'est le siège social de la Banque de Montréal, elle s'illumine le soir et vous pourrez même la visiter !

— On dirait un petit temple gréco-romain, c'est magnifique !

— À votre droite, vous apercevez la basilique Notre-Dame !

— Magistral ! Ça donne envie de s'installer ici, vous avez raison !

— Je vous avais dit que vous ne voudriez plus repartir ! Voilà le vieux port et le fleuve Saint-Laurent, ajoute-t-il.

— J'avais lu que le Vieux-Montréal était un quartier historique, mais je n'avais pas vu à quel point il avait du charme !

Mon téléphone sonne et nous sommes interrompus : c'est Julian qui prend de mes nouvelles.

— Tu es dans le taxi ? me demande-t-il.

— Oui ! Bonjour, Julian !

— Oh, désolé, je suis tellement pressé de te voir que j'en oublie de te dire bonjour ! Bonjour, sœurette ! Je t'aime !

— Moi aussi, je suis super contente de te revoir, petit frère ! Et je t'aime aussi !

— J'ai réussi à terminer plus tôt que prévu et je t'attends à la maison.

— J'ai hâte !

— Moi aussi, j'ai hâte ! Et le voyage ?

— Bien, mis à part mon voisin dragueur !

Pourquoi je pense à lui, maintenant ?
Pour rien.

— Il faut dire que tu es tellement belle ! C'est normal que les hommes s'intéressent à toi !

— Oui, enfin, il était odieux, prétentieux, c'est un barbu et je n'aime pas les poils !

Il éclate de rire, puis reprend.

— Eh bien, tu auras une surprise, alors, je me suis laissé pousser le bouc.

— Oh non ! soupiré-je pour le taquiner.

— Eh si !

Soudain, la silhouette que je commence à apercevoir au loin se distingue de plus en plus, jusqu'à ce que je la discerne nettement.

— Ah, je crois que je vois ton bouc ! lui dis-je en plaisantant.
— Moi aussi, je crois que je vois le taxi qui ralentit !

En effet, le véhicule s'arrête et le chauffeur me confirme que j'ai atteint ma destination, ce que je sais déjà, puisque mon frère se tient à l'extérieur dans un gros pull en laine blanc et rouge !

— Voilà, vous êtes arrivée ! rue de la Commune Ouest, m'indique-t-il.
— Merci pour ce voyage instructif ! lui dis-je alors que j'ouvre la portière avec empressement pour sortir du véhicule.
— Tout le plaisir était pour moi !

À peine ai-je posé le pied sur le sol enneigé que Julian m'ouvre ses bras et que je le serre contre moi. Des larmes s'invitent, des larmes chaudes que je sens aussitôt rouler sur mes joues.

— Je suis si content que tu aies pu venir, Elyna !
— Moi aussi, lui réponds-je d'une voix tremblante.

Julian se dégage de notre étreinte, me regarde, puis me sermonne.

— Eh, pas de tristesse, ici, OK ?

Je me défends aussitôt.

— Ce sont des larmes de joie !
— Alors, tu me trouves comment avec ma barbe ? me demande-t-il en changeant de sujet.
— Tu piques un peu, mais ça te va bien ! lui réponds-je en lui pinçant le menton.
— Toi, tu es magnifique !
— Toi, tu es radieux ! L'amour te va bien !

Le chauffeur me rapporte ma valise à mes pieds, Julian le paie, s'empare de mon bagage et je le suis en direction de l'entrée de sa maison.

— Dis donc, c'est très beau, ici ! lui dis-je alors que nous marchons.

— C'est un condo de prestige, enfin, une maison quoi, avec vue sur le port, comme tu peux le voir, situé dans les jardins d'Youville ! Je voulais vivre l'authentique expérience du Vieux-Montréal, avec tout confort, grands espaces de rangement, grandes pièces, trois salles de bains, trois chambres, salon et salle à manger à aire ouverte, jardin privé et terrasse sur le toit avec vue panoramique. Sans oublier le garage pour ma Chevrolet Silverado ! L'emplacement est génial, à côté des pistes cyclables, des boutiques, des restaurants de Montréal, des cafés, des lieux historiques et de la plage. Le métro square Victoria est très proche aussi ! Et surtout avec ma future femme, qui me comble de bonheur depuis maintenant presque deux ans.

— Je suis très contente pour toi, lui dis-je en l'embrassant une nouvelle fois sur la joue.

— Il faudra que je m'occupe de ton cas, me dit-il en pointant un doigt sur moi tout en levant les sourcils.

— Quoi ? lui réponds-je en posant mes mains sur mes hanches tout en fronçant les sourcils.

— Tu vas te trouver un beau Canadien et tu vas pouvoir rester ici !

— Oh, Julian, arrête avec tes bêtises ! lui réponds-je en rougissant.

— Bon, OK, si tu ne veux pas de mec, alors peut-être tomberas-tu amoureuse de Montréal ?

— Peut-être ! Qui sait où se trouve notre destin ? lui réponds-je avec un sourire.

La maison détient une porte d'entrée individuelle qui s'ouvre sur un beau visage féminin, avec des yeux qui pétillent, des cheveux bruns relevés en un chignon désordonné. Un visage de poupée de porcelaine : elle est sublime !

Impossible de ne pas lui sourire, elle est accueillante, joyeuse et c'est vraiment une beauté.

— Voilà, Elyna, je te présente Charlie « en vrai ».

Elle me serre dans ses bras et m'embrasse.

— C'est deux bises, à Paris, non ? me questionne-t-elle en haussant un sourcil.

— Oh, c'est comme tu veux ! lui réponds-je avec enthousiasme en balayant l'air d'une main pour lui indiquer que c'est sans importance.

Elle me prend rapidement par le coude et m'entraîne dans la maison.

En pénétrant dans leur antre, je jette un coup d'œil sur le côté, attirée par un rayon de soleil qui filtre à travers une fenêtre et qui réchauffe l'intérieur en bois déjà très chaleureux.

Mes yeux observent un lieu sobre et accueillant : des lutins en bois trônent ici ou là, des guirlandes ornent tous les coins et recoins, des boules sont suspendues, des écorces de pin sont posées sur certains meubles… Nous sommes *a priori* dans la pièce principale, qui doit être le salon et salle à manger. Le mur sur le côté est en brique rouge, ce qui, contrastant avec la décoration et les meubles en bois, produit un bel effet. Au fond, une cheminée avec du feu qui crépite. Plus loin, un sapin de Noël joliment décoré.

Un bien-être m'envahit tant l'atmosphère est douce et bienfaisante...

Attiré par un toussotement, mon regard se porte devant moi trop vite, alors que mon sourire s'élargit encore. Seulement, il s'efface à l'instant où j'aperçois le type planté à deux mètres environ derrière Charlie, son bagage à ses pieds. Mon corps s'agite, mes dents mordillent ma lèvre inférieure, mes pupilles se dilatent. Lorsque je le reconnais, ma respiration se bloque, une vague de chaleur explose dans ma poitrine et mon sac à main m'échappe pour s'échouer brusquement sur le parquet en bois. Paralysée un instant, des palpitations pulsant dans ma cage thoracique, je n'ose pas bouger lorsque l'homme que je vois me fixe lui aussi et s'avance vers nous d'un pas lent. Ensuite, confuse, je ramasse mon sac, puis me déleste de mon manteau, que je confie immédiatement à Julian.
Je reprends mes esprits. Presque.
Merde ! Père Noël, c'est quoi, cette histoire ?! Le hasard ou le cadeau ?
Mes paupières clignent une fois très lentement pendant que je jure en silence. Julian me présente l'inconnu de l'avion, celui qui m'a été insupportable pendant tout le vol, même s'il ne m'a plus parlé après que je l'ai remis à sa place.
Même s'il me fait de l'effet... beaucoup d'effet et que l'avoir ici proche de moi va rendre ma détermination à oublier son existence très très ardue...
— Je te présente Noël ! Le meilleur ami de Charlie et maintenant le mien. C'est notre second témoin de mariage ! s'exclame Julian, un sourire radieux aux lèvres.
Noël ?

Sérieux, père Noël ?
C'est ton signe, ça ? Son prénom ?

Le Noël en question — donc, mon voisin d'avion exécrable, culotté et incroyablement *sexy* — s'avance vers moi et me tend sa main pour me saluer.

— Bonjour, Elyna, me dit-il d'une voix douce et très dangereuse pour mes sens.

Une pointe d'énervement m'alerte au creux de mon estomac, en même temps qu'une tempête de neige le retourne lorsqu'il me scrute avec ses yeux gris brillants et que sa main me touche d'une façon très délicate et sensuelle, m'électrocutant au passage. J'ai soudain très chaud.

Sensuelle ! N'importe quoi !
Et il faut que je retire mon gilet.

— Vous vous êtes déjà rencontrés ? me demande Julian, les yeux écarquillés, surpris qu'il connaisse mon prénom parce qu'il ne nous a pas encore présentés.

Enfin, je suppose que c'est la raison de sa stupéfaction.

— Nous étions dans le même avion, lui réponds-je en détachant mon regard et ma main de l'autre naze.

Ce qui fait frissonner tout mon corps et travailler mon cerveau à plein régime en imaginant sa main caressant une autre partie de mon anatomie.

Elle est affreusement délicieuse, sa main… on dirait même qu'elle détient un pouvoir magique.
STOP !!

— Votre sourire vous va très bien, autant que votre prénom, qui est très original, me dit Noël avec un sourire charmeur qui m'horripile tout de suite autant qu'il me fait tressauter.

Charlie claque sa langue sur son palais plusieurs fois pour le réprimander.

— Noël ! Tu peux la tutoyer, pas de manières entre nous, n'est-ce pas, Elyna ? Ici, au Canada, tout le monde se tutoie, d'autant plus que vous allez devoir cohabiter le temps de votre séjour ! nous apprend-elle naturellement.

Noël acquiesce sans cesser de sourire.

— Bien sûr, lui réponds-je, un sourire jaune sur mes lèvres, mes yeux rivés sur le barbu.

Comment vais-je faire, maintenant, avec lui sous mon nez pendant mon séjour ici ?

Il est dangereux, Ely, très dangereux pour ta libido, qui semble s'être réveillée depuis l'épisode de l'avion...
Tout ça en raison de ma demande stupide au père Noël !!
Voyons, Ely, tu sais que le père Noël n'existe pas pour les adultes, qu'il ne s'occupe que des cadeaux pour les enfants...
C'est ça, oui, sauf que Noël, lui, existe vraiment...
Et que je sens des papillons s'affoler dans mon ventre...

Constatant le regard insistant de Noël sur ma personne, Julian s'avance vers lui et lui assène un coup de coude pour le prévenir.

— Par contre, Elyna est dans ma liste « pas touche », alors, ne t'avise pas de la sélectionner dans mon téléphone, lui dit-il en arquant un sourcil.

L'histoire du pari, c'est donc vrai ?

L'accusé déglutit, lâche mes yeux et se frotte la nuque, s'efforçant de cacher son trouble.

Il est mal à l'aise ?! Minute, il... je l'intéresse ?

Je libère un rire léger afin de soulager le brasier qui se consume sur ma peau en alerte rouge.

Je suis mal à l'aise ?! Minute, il... il me plaît ?
Ridicule...

— Liste « pas touche » ? Qu'est-ce que vous manigancez encore ? lui demande Charlie en arquant un sourcil, me ramenant à la réalité du moment.

— Rien, un truc idiot, il doit faire un truc... idiot pendant l'enterrement de vie de garçon, lui répond Julian en lui donnant un baiser sur la joue tout en entourant ses épaules avec son bras pour la serrer contre lui.

— Bien, tant que ce truc « idiot » ne dépasse pas certaines limites pour toi, Julian... Bon, Elyna, Noël, sans doute souhaitez-vous vous poser et vous rafraîchir ? Je vais vous montrer vos chambres, nous dit-elle d'une voix enjouée.

Père Noël, fais en sorte que sa chambre soit loin de la mienne...
S'il te plaît...

Chapitre 2

Noël

J'arrête Noël dans son élan de semblant de galanterie juste avant qu'il ne s'empare de ma valise pour la transporter à ma place. Pour se venger, il me grille la priorité et passe devant. Je ne sais pas pourquoi il me fait enrager.

Parce qu'il est là et que j'éprouve du désir pour ce rustre !

Charlie s'arrête entre deux portes, pour nous indiquer à chacun notre chambre. Elle se place dos au mur, puis fait la circulation comme un policier le ferait pour nous indiquer la direction à suivre.

— Voilà, c'est ici : la chambre à droite pour Noël, celle de gauche pour Elyna ! La salle de bain se trouve au milieu, vous vous la partagerez. La nôtre est à l'étage du dessous, salle de bain intégrée. Vous serez au calme ici et n'entendrez pas nos ébats ! Je vous laisse vous installer ! À plus tard !

Noël me lance un clin d'œil que je préfère ne pas traduire, m'efforçant de trouver un semblant de calme pour ne pas le gifler (encore une fois). Son air malicieux et ironique à la fois m'insupporte. Une partie de moi ressent l'envie que mes poings tambourinent sur son torse et une autre présente bizarrement l'envie de m'y coller…

Tu es en manque, ma vieille !

OK, mais ce n'est pas une raison pour jeter ton dévolu sur n'importe quel énergumène ! Et surtout pas lui !

Oui, mais si c'est mon cadeau de Noël…
Merde ! Pourquoi j'ai prononcé son prénom, déjà ?!

Une fois dans la chambre, je souffle, me déchausse, puis m'allonge un instant sans prendre le temps de défaire mes bagages. Je me rends compte que je suis épuisée. Mes yeux se ferment sans effort et je m'assoupis un instant. Lorsque je me réveille en sursaut, je m'aperçois qu'une heure est passée tandis que quelqu'un frappe à ma porte. Certainement le bruit qui m'a fait émerger de mon sommeil.

— Elyna, ça va ? Nous t'attendons en bas.

C'est mon frère qui s'inquiète pour moi.

— Oui, ça va, Julian, pas de soucis, je me suis juste reposée un instant ! Je prends une douche et j'arrive !

— Entendu ! Tu trouveras tout ce qu'il te faut dans la salle de bain : serviettes, peignoir, etc.

— Merci beaucoup !

— À tout à l'heure ! me dit-il alors que j'entends ses pas s'éloigner.

— À tout' !

Je bondis de mon lit sans attendre, pose ma valise à l'horizontale sur le sol, l'ouvre et fouille rapidement à l'intérieur pour trouver une tenue confortable que je prends avec moi lorsque je sors de ma chambre pour me rendre dans la salle de bain. L'autre naze doit déjà être en bas et souffler par ses grosses narines en pestant intérieurement parce que je les fais attendre. C'est tout à fait le genre à me critiquer. Je le sens. Dire que je vais devoir me le farcir pendant tout le séjour ! Vivement que je rentre à Paris !

Non, Ely, tu as envie de rester pour ton frère et peut-être même de vivre ici définitivement, non ?
Et puis, l'autre naze est plutôt pas mal… avoue !
Nan ! Tu délires !

Je tourne la poignée de la porte de la salle de bain, puis j'y entre sans attendre, et sans oublier de fermer à clé.

Au moment où je me retourne, mon estomac bondit, puis est pris d'un spasme subit : je vois Noël dans son plus simple appareil, des gouttes d'eau ruisselant encore sur son corps, ses pieds sur le tapis de bain…

La première chose que font mes stupides yeux, c'est de dévier vers son entrejambe, provoquant une érection instantanément.

La deuxième que mon corps sent, c'est une terrible sensation chaude et inquiétante.

La troisième que mes yeux remarquent, c'est son visage encore parsemé de gouttes, ses cheveux dégoulinants, son corps ruisselant encore une fois jusqu'à ses pieds.

Et lorsque mes yeux remontent le long de son corps musclé pour trouver ses yeux pétillants de malice et son sourire en coin, quelque chose d'autre parcourt mon corps et un signal d'alarme résonne. Je m'efforce de ne pas laisser transparaître mon trouble en me ressaisissant tant bien que mal.

Oh non ! Prise en flagrant délit de voyeurisme ! Et pour lui, en plus !

Je couvre finalement les objets du délit de mes mains pour ne plus le voir et le sermonne.

— Mais vous ne pouvez pas fermer à clé ?! hurlé-je.

Je n'entends pas sa réponse, mais peut-être qu'il ne me répond pas. Sans rien ajouter d'autre, je me détourne du spectacle qu'il vient de m'offrir et je me reprends avant de déverrouiller la serrure de la porte de la salle de bain et de m'enfuir dans ma chambre.

Une fois à l'intérieur, je claque la porte, la ferme à clé, puis dos à la porte, j'essaie de calmer l'affolement de mon cœur, qui tente de s'évader de sa cage thoracique.

Soit ce dernier a peur, soit il a faim… je choisis l'option deux…

Lorsque Noël frappe à la porte quelques minutes plus tard, je suis toujours dans la même position, ma tête posée contre la porte avec un cœur qui se remet à gambader. Le son rauque de sa voix me fait tressauter et un tremblement me parcourt.

C'était quoi encore, ça ?

— J'ai fini, tu peux disposer de la salle de bain, m'apprend-il d'un ton monocorde.

Silence.

Effrayant…

D'une oreille indiscrète qui se pose sur la porte, je m'assure qu'il n'est plus derrière : je l'entends partir. Je compte jusqu'à dix et je sors, puis, chose improbable, vais coller une oreille contre la porte de sa chambre. Au moment où je me dis que ce que je fais n'a aucun sens, celle-ci s'ouvre, me faisant perdre l'équilibre et provoquant ma bascule en avant, mon corps échouant directement dans ses bras.

Oh non ! Il va croire que je le pourchasse !
Il est vachement musclé et si… chaud.
Mais ça ne va pas, chez toi, non ?

Chez moi, ça va bien, merci, par contre, entre mes cuisses, c'est une autre histoire…

— Maintenant, tu m'espionnes ou tu veux connaître la couleur de mon *boxer* ? me demande-t-il d'un ton moqueur.

Confuse, je me détache de lui et tente de m'excuser. Une excuse complètement grotesque, car finalement, je ne sais pas pourquoi je l'ai fait.

Je me rattrape comme je peux.

— Non, je voulais être sûre que la salle de bain était bien libre, lui dis-je.

Son corps est trop proche du mien, son visage est trop près du mien, ses yeux pénètrent les miens un peu trop et son souffle tiède et mentholé me frôle trop. Et son parfum est délicieux…

Et il est trop odieux. Et surtout, il a une barbe et je déteste les barbes.

Oui, il faut que je me souvienne de ce détail.

Excuse-moi, père Noël, je ne dis pas ça pour toi !

— Si je t'ai dit qu'elle l'était, c'est qu'elle l'était, me réplique-t-il d'une voix ferme, le regard dur.

J'opine du chef, trop troublée pour trouver un autre argument bidon.

Ses yeux gris qui me scrutent fuient pour observer le sol, sa main droite masse son front, puis il souffle comme s'il était fatigué.

— Il ne faut pas t'inquiéter, je n'ai pas l'intention de te sauter dessus. Je te l'ai déjà dit, tu peux me faire confiance, d'autant plus que tu n'es pas mon type de femme.

— Oui, je sais, et tant mieux.

— Exact, et même si tu l'étais, je suis maintenant le meilleur ami de Julian par alliance et tu es dans la liste des femmes « pas touche ».

— D'accord.

— Bien.

— Bien ! m'écrié-je peut-être un peu trop fort, comme si j'étais fâchée contre lui.

Il paraît désarçonné un instant sans que je comprenne pourquoi.

D'ailleurs, je ne comprends pas grand-chose depuis que j'ai posé le pied dans ce pays, mis à part que ma libido a besoin de chaleur.

C'est sans doute ce climat canadien…

— Maintenant, si tu veux bien te pousser, je vais rejoindre Charlie et Julian. Ne traîne pas trop, ce n'est pas très poli de faire attendre nos hôtes.

Je m'exécute, il passe devant moi, fait deux pas, s'arrête et fait volte-face, me présentant ses deux yeux gris qui semblent me transpercer.

Pas très poli… non, mais pour qui je me prends, tête de nœud ?

Il a de beaux yeux gris quand même…

Et ses bras puissants… il est super fort !

Et son entrejambe…

Oh, mon Dieu, il ne faut plus que je pense à ce détail, il faut que je l'efface de ma mémoire définitivement !

— Je tâcherai de fermer à clé, la prochaine fois, je ne voudrais pas que tu me bondisses dessus si jamais ça te reprend.

— Jamais de la vie ! Tu n'es pas mon type et tu ne me fais aucun effet.

À d'autres ! Il faudra que tu améliores ton discours et que tu t'évertues à être plus convaincante, la prochaine fois !

C'est toi qui as parlé, père Noël ?

— Ce n'est pas l'impression que tu m'as donnée tout à l'heure lorsque tu m'as reluqué.

Sans un mot de plus, il s'en va.

Je ramasse ma tenue, qui a atterri sur le sol, me rends dans la salle de bain et m'y enferme à double tour.

Je déglutis.

Il m'a excitée.

Il m'excite…

Il ne manquait plus que ça !

Je n'aime pas les barbus.

Oui, retenir ça.

Sauf que son corps nu me poursuit et me hante jusqu'à sous la douche…

Et je sens bien qu'il va agripper mes pensées comme un aimant.

OK, père Noël, j'ai compris, tu me mets à l'épreuve…

Chapitre 3

Le repas

J'avale une rasade de ce que je crois être du vin. Une longue brûlure longe mon œsophage jusqu'à mon estomac : je suis en feu ! Je tousse tandis que les yeux de Noël se posent sur mon verre vide devant moi, puis s'échouent sur mes lèvres comme s'ils voulaient les mordre (ou les manger, au choix). J'espère pour lui que ce n'est pas une blague de sa part !

— Eh bien, tu as une sacrée descente ! ose-t-il me dire avec un rictus.

J'ai le cœur dans la gorge, je me demande ce que je viens de boire. Ce que je ne tarde pas à savoir.

— J'aurais dû te dire que ce n'était pas du vin, s'excuse Julian. J'ai posé la bouteille sur la table pour plus tard, j'aurais dû vérifier ce que tu te servais… en fait, c'est de la fine Sève, de l'eau-de-vie de sirop d'érable…

Je balaye l'air avec mes mains pour lui signifier que ça n'a aucune importance, puis reprends le fil de la discussion comme si de rien n'était.

— Donc maintenant, tu cuisines, lui demandé-je en prenant soin d'ignorer le barbu qui me regarde encore d'un air moqueur.

— Oui, j'adore ça, surtout les desserts !

— Il va faire une émission de télé, une espèce de concours ! m'apprend Charlie.

— C'est vrai ? Mais c'est génial ! lui réponds-je en jetant un œil de temps à autre à Noël.

— Et toi, tu cuisines ? Plutôt dessert ou plat de résistance, me demande ce dernier alors qu'il me dévore des yeux.

Je secoue la tête en gardant mon *self-control*, car il m'énerve sans raison.

— Je n'ai pas de temps pour ça, lui rétorqué-je d'un ton sec.

— Traiteur, je m'en doutais ! me dit-il en frappant la table avec sa main droite.

En réaction à son insolence, je le foudroie du regard.

— Je travaille, moi, monsieur. Toi, tu dois avoir tout ton temps ! Tu fais quoi, déjà, dans la vie ? Ah oui, trente-cinq heures et RTT !! lui demandé-je, ironique.

Julian racle sa gorge comme s'il était gêné.

Un blanc laisse flotter un soupçon de malaise.

— Oh, Noël t'a dit ce qu'il lui était arrivé avant de monter dans l'avion en venant ici ? me demande-t-il.

— Il était en retard et a fait attendre plus de trois cents passagers. Je sais, merci.

Charlie m'interpelle et secoue la tête pour me donner tort.

— Non ! Enfin, il était un peu en retard, c'est vrai, mais heureusement ! Un homme s'est effondré devant lui, alors Noël a pratiqué un massage cardiaque et lui a sauvé la vie !

J'écoute avec attention son histoire, qui est ensuite développée par le principal intéressé. Si je me levais maintenant, je n'ai pas la certitude que je tiendrais sur mes deux jambes. En raison de l'alcool qui me fait dire des stupidités et surtout de ma réaction idiote vis-à-vis d'un homme qui ne méritait pas mes reproches dans l'avion.

C'est réussi, maintenant, je me sens mal, car je comprends pourquoi nous l'avons attendu.

— Tu vois quelque chose à me dire ? me demande-t-il en arquant un sourcil alors que Julian et Charlie se rendent à la cuisine pour préparer le dessert.

— Je suis désolée, lui réponds-je en baissant la tête sur mon assiette. Tu dois m'en vouloir…

— Pas tout à fait, me rétorque-t-il d'une voix si grave qu'elle fait vibrer mon corps.

— Tu devrais arrêter de me faire des avances et de me provoquer. Si j'ai cette attitude envers toi depuis que je te connais, c'est parce que tu…

— Je suis bélier, mon principal défaut, c'est de foncer. Toi, tu es vierge…

Je rougis malgré moi, car en dépit du fait qu'il a raison du point de vue astrologique, il a tort du point de vue de…

— Exact, enfin, du point de vue signe du zodiaque seulement !

Un sourire en coin s'affiche sur sa bouche.

— Ça, je n'ai aucun moyen de le vérifier… enfin, pour l'instant…

La voyante m'a dit que je rencontrerais un bélier et qu'une vierge avec un bélier… d'abord s'observaient sans véritablement se comprendre… C'est peu de le dire !

— Tu peux me croire sur parole, lui réponds-je.

Il bat des cils et pendant un instant, sa langue qui passe sur sa bouche me fait de l'œil.

— Vois-tu autre chose dont il faut qu'on parle ? reprend-il.

C'est étrange, c'est la première fois que j'ai le sentiment d'avoir une conversation normale avec ce type et cela m'effraie.

En plus, il est bélier et donc en théorie compatible avec moi. Voyante 1 point et père Noël 0 ou 2 ou... 5 ? Quoique l'histoire de la compatibilité soit plus importante...

— Il y a quelque chose, oui : j'aimerais que tu arrêtes de te moquer de moi.

Ses yeux rivés aux miens coordonnés avec sa bouche gourmande et sa voix sensuelle me donnent des frissons.

— C'est ta faute, c'est toi qui commences à chaque fois, se justifie-t-il.

— Quoi ?! J'hallucine ! Depuis le début, tu n'arrêtes pas ! Au début du repas, tu as critiqué mes chaussons ! lui dis-je, outrée.

Son ton devient moqueur et ça m'horripile.

— Ce sont des pantoufles en forme de rennes !

— C'est la saison, non ? Vous, au Québec, vous aimez bien l'esprit de Noël ! Eh bien moi aussi, même si je suis française !

— Mon esprit ? répète-t-il en haussant les sourcils plusieurs fois, comme s'il prenait ma remarque pour lui.

— Et tu as aussi critiqué mon écharpe rouge que je porte en ce moment ! poursuis-je en éludant son sous-entendu.

— Il ne fait pas froid dans cette maison ! Il fait au moins trente-cinq degrés !

— Et aussi mon châle !

— Si tu portais un pull au lieu d'un chemisier, tu aurais moins froid.

— Je suis frileuse, OK ?! Je n'aime pas le froid !

— Il y a bien quelque chose que je pourrais te proposer pour y remédier...

— Tu vois, tu recommences ! lui réponds-je en levant mes yeux au ciel tout en le pointant du doigt.

— Quoi ? me demande-t-il en plissant les yeux comme s'il ne me comprenait pas.

— J'ai froid et tu veux me réchauffer !

— Mon corps fait au moins quarante degrés à l'heure qu'il est... c'est dommage de ne pas en profiter... insiste-t-il.

— Tu... tu m'insupportes ! dis-je en élevant un peu la voix.

— C'est ta faute, je vois tes seins à travers ton chemisier, donc... ça me fait...

— STOP ! Ne dis plus rien ! Je porte ce que je veux, quand je veux !

— À tes risques et périls...

— Tu devrais arrêter de mater ma poitrine...

— Et toi mes yeux, ma bouche et mes mains...

Le son de sa voix glisse dans mes oreilles comme du miel le ferait dans ma gorge. Mon estomac vibre et ne tient pas en place en pensant à l'effet qu'auraient ses mains sur mes seins. J'ai un coup de chaud, mais je préfère refermer mon châle sur ma poitrine tandis que j'entends nos hôtes revenir.

— Pourquoi dis-tu ça, je ne te regarde pas... chuchoté-je.

— Eh bien, moi... si... et ta bouche a l'air d'être exquise... me répond-il à voix basse.

Ses mots m'envahissent et grésillent sur ma peau.

Libido, si tu m'entends, fous-moi la paix !

Le dessert est servi et j'ai soudain très soif. Lorsque je tente de prendre la bouteille d'eau, ma main frôle la sienne, qui a décidé de faire le même mouvement au même moment. Un sourire de crapule se dessine sur les lèvres de Noël et mon idiot de cœur manque un battement. Lorsque son regard ardent plonge dans le mien, ma gorge s'assèche comme des gouttes de pluie qui s'évaporeraient au contact du sol brûlant du désert.

— Au fait, tu n'as pas de petit ami, me confirme-t-il.
— Non, je l'ai quitté, lui réponds-je à contrecœur. Et toi, une petite amiE ?
— Libre comme l'air...
Son sourire est radieux et je retiens le mien.

Noël joue avec moi le reste de la soirée, pendant que nous regardons une romance de Noël au coin du feu. Julian et Charlie se collent l'un à l'autre et s'embrassent sans pudeur de temps en temps, tandis que je sens la chaleur du corps de mon voisin barbu irradier le mien sans le toucher. Du moins, j'y prends bien garde.
Aussi, lorsque nous nous parlons comme si nous étions de vieux amis, je relâche la tension.
— Tu habites Paris, alors ? lui demandé-je.
— Ouais, je suis chirurgien à l'hôpital Pitié-Salpêtrière.
— Quelle spécialité ?
— Cancérologie.
— Ah... je me sens un peu... rabaissée avec mon petit métier.
— Pourquoi ? Il n'y a pas de sot métier !
— Je suis infirmière et tu ne me croiras sans doute pas, mais dans le même hôpital que toi.
— Non ! Quel service ?
— Néphrologie.
— Bizarre, ça fait un an que j'y travaille, je ne t'ai jamais vue.
— Moi non plus... mais peut-être que je connais ton nom de famille ?
— Noël Leclerc et je ne fais pas dans l'alimentation, souligne-t-il avec un sourire.

— Docteur Leclerc ! Je connais ta réputation. Il paraît que tu es insupportable... un bourreau de travail qui ne pense à rien d'autre. Maintenant que je connais tes penchants pour... bref, permets-moi d'en douter...

— Le *job*, c'est du sérieux, on parle de vies. Ensuite, le reste, il faut bien décompresser. Ici, je suis là pour ne plus penser au boulot, enfin, presque... et en ce qui concerne les femmes... il y en a bien une qui me fait tourner la tête...

Ma bouche s'assèche encore plus, car je devine qu'il parle de moi.

Il parle de moi !

Non, non, c'est n'importe quoi !

— Ah...

— Quoique si je te voyais en blouse d'infirmière déambuler dans les couloirs de l'hôpital... sans rien en dessous, bien sûr...

— Hey ! Le mythe de l'infirmière nue sous sa blouse n'existe pas !

— Tu crois ?

— Tu ne vas pas me dire que tu as déjà fait ça à l'hôpital avec une...

— Oh ! Il se moque de toi, n'est-ce pas, Noël ? coupe Charlie comme si soudain elle s'était réveillée des bras de Julian. Nous, on monte, poursuit-elle, on vous laisse bavarder en toute intimité.

Mince, j'aurais bien aimé savoir...

Tu n'as qu'à lui poser la question !

Mauvaise idée...

Julian et Charlie nous embrassent tour à tour, puis se retirent dans leur chambre.

Sur le canapé, les genoux de Noël et les miens se frôlent comme des novices et lorsque nos hôtes nous abandonnent définitivement, j'ai soudain peur de rester avec lui. Peur de ce qu'il risque de me proposer et surtout de ma réponse, qui pourrait me décevoir ou me satisfaire, au choix. Alors, je prends une sage décision : je me lève et je prends congé.

— Je pense que nous devrions aller nous coucher, il se fait tard, lui proposé-je.

— J'aime beaucoup les femmes qui prennent des initiatives... je trouve que c'est super *sexy* et... bandant... d'ailleurs, faire l'amour ici, sur le tapis en peau de bête devant la cheminée ne serait pas déplaisant...

Je soupire, exaspérée.

— Écoute, Noël, ce n'était pas une proposition indécente. Là, je n'ai pas envie de me bagarrer. Je suis fatiguée par le voyage et je ne rêve que d'une chose : dormir.

Oui, je sais, père Noël, je mens.

Il hausse les épaules en signe de défaite, pousse un long soupir, puis se lève pour être à ma hauteur. Le voir si près engendre de vilaines pensées dans mon esprit et je l'imagine aussitôt nu devant moi, ses mains arrachant mes vêtements pour toucher tout ce qu'elles peuvent de mon corps. Je baisse la tête pour qu'il ne me voie pas rougir, ce qu'il ne peut pas observer d'emblée puisqu'il fait sombre. Et cette intimité complique les choses.

— Bien, peut-être demain, alors ? me demande-t-il en osant prendre mon menton pour me faire relever la tête.

Je déglutis et puise dans mes dernières forces d'autocontrôle pour lui répondre fermement.

— Jamais, lui dis-je alors que je pense le contraire et que mon cœur bat comme un fou.

Père Noël, donne-moi la force de lui résister…

— De toute façon, tu n'es pas mon genre d'homme, lui dis-je d'un ton ironique, mais sensuel.

— Et toi pas mon style de femme, me répond-il en empruntant le même ton que moi.

L'électricité nous foudroie pour rayonner dans toute la pièce plongée dans une obscurité hasardeuse.

— OK, c'est réglé, alors, conclut-il en lâchant mon menton doucement.

— C'est réglé.

— Bonne nuit, Elyna.

— Bonne nuit, Noël.

Lorsque j'enjambe l'escalier la première, j'imagine qu'il m'enroule de ses bras puissants pour m'empêcher de monter, qu'il me colle contre son torse pour m'embrasser jusqu'à l'évanouissement.

Lorsqu'il marque un temps d'arrêt devant la porte de sa chambre, j'imagine que je pose ma main sur la sienne, celle qui tient la poignée, pour m'enfuir dans sa chambre et faire des trucs interdits…

Lorsque j'atteins la mienne, j'imagine qu'il vient me rejoindre pour m'emporter avec lui et me faire l'amour sauvagement contre ma porte.

Et cette nuit, son corps nu que j'ai vu dans la salle de bain surgit dans ma mémoire et me hante, pour venir me kidnapper et me faire l'amour devant la cheminée... comme une bête... toute la nuit.

Chapitre 4

La glace et le feu

— J'adore patiner ! me dit Noël.
— Moi aussi ! lui réponds-je en tentant de me convaincre moi-même.

Je comprends à quel point je suis ridicule lorsque le barbu se moque de moi.

— On ne dirait pas, tu ne bouges pas, t'as peur de tomber, hein ? s'esclaffe-t-il.

Je le fusille du regard tandis qu'il rit de plus belle en s'éloignant de moi rapidement, grâce à une glissade magistrale. Il tourne, virevolte, exécutant des sauts. On dirait un joueur de hockey sur glace. Franchement ? Je l'admire.

Julian s'arrête devant moi d'un coup sec, laissant au passage une traînée de poussière blanche.

— Tu as toujours tes angoisses ? me demande-t-il d'un ton compatissant.

Je secoue la tête de gauche à droite précipitamment pour opposer un démenti.

— Nan… c'est juste que…
— Tu penses encore à eux…
— Nan, oui. En fait, je déteste le gel depuis que papa et maman ont glissé sur une plaque de verglas et…

Il soupire, peiné.

— Moi aussi, j'y pense, tu sais, mais rien ne pourra les faire revenir. Il faut…

— Je ne peux pas oublier, Julian, peut-être que toi oui, mais moi non.

— Je ne te demande pas une telle chose, Elyna, mais je te propose de vivre pour eux… et pour toi. C'est ce qu'ils auraient souhaité, que tu vives, que tu aies une belle vie. Pourquoi crois-tu que je me marie à Noël ?

Parce que nos parents se sont mariés eux aussi à Noël. C'est sa façon à lui de se souvenir d'eux. J'opine du chef.

— Et puis, ils auraient tellement aimé te voir aussi heureuse avec un homme ! ajoute-t-il, espiègle.

— Oui, mais non, il ne m'est pas encore tombé dessus ! lui dis-je en riant.

À ces mots, Noël arrive en trombe et s'arrête pile devant moi, manquant me déstabiliser.

— Pour un peu, je te serai tombé dessus ! me lance-t-il en riant.

Son rire me paraît sincère et amène le mien. Ensuite, il me tend la main.

— Viens, je vais t'aider, me propose-t-il.

— Bonne idée ! s'exclame Julian, on pourra patiner à quatre, en couples ! Mais attention, Noël…

— Oui, je sais, « pas touche », compris, lui répond-il en clignant des yeux une fois.

Pourquoi Julian le prévient à tout bout de champ ? Il a remarqué que Noël s'intéressait à moi ?

Ou plutôt à mon corps… car Noël saute sur tout ce qui bouge, c'est pour cela que ton frère te protège.

Sa main reste toujours tendue vers moi, cependant, j'hésite à lui offrir la mienne. Pas parce que je le crains, mais parce que j'ai l'impression que le lac va m'engloutir en se brisant soudainement.

— C'est… la glace est résistante ? lui demandé-je, inquiète.

— C'est un étang, alors, je ne sais pas, me répond-il en s'efforçant de ne pas sourire.

— Tu… tu ne sais pas ?!

Je suis révoltée !

— Peut-être que s'il y a trop de monde, la glace peut se fendiller, puis nous entraîner dans l'eau glacée, poursuit-il en haussant une épaule, mais ne t'inquiète pas, je sais nager ! me répond-il en tentant de garder son sérieux, je serai ton sauveteur. Pour te réchauffer ensuite…

Je lève les yeux au ciel, il n'arrêtera donc jamais de jouer avec moi et de me narguer ouvertement à chaque fois que Julian a le dos tourné !

— Bon, ben moi, je m'en vais, lui dis-je en guise de réponse, en traînant lentement mes pieds vers une partie enneigée plus sûre.

En deux trois mouvements — enfin, je ne suis pas allée bien loin —, il se retrouve à mes côtés et cette fois-ci, je tombe lourdement sur mes fesses. Heureusement que la couche de vêtements amortit le choc, car je ne ressens pas de douleur (enfin, pour le moment). Mes yeux se lèvent sur le barbu, qui éclate de rire, ce qui me blesse profondément. La mâchoire serrée, je tente de me remettre debout.

— Va te faire foutre ! lui crié-je, en colère.

Il se ressaisit et m'aide à me relever.

— La glace a tenu bon malgré ton poids, donc il n'y a plus aucun risque ! ose-t-il me dire.

Une chaleur m'envahit, mes joues rouges deviennent écarlates. Si j'étais sur la terre ferme, je crois qu'il aurait droit à une nouvelle gifle de ma part. Par chance, mon équilibre est mauvais.

— Enfoiré ! Je ne suis pas grosse !

— Allez, viens, si tu restes sur place, tu vas congeler ! Tu peux me faire confiance ! Tu es sur la liste « pas touche » et de toute façon, avec toute cette couche de vêtements que tu portes, je n'arrive pas à voir ce que tu caches en dessous... tu vois, tu n'as pas à avoir peur... de moi.

Pourquoi sa voix est-elle si sensuelle d'un coup ?

Cette fois-ci, j'attrape la main qu'il me tend, puis, d'un geste rapide, il attrape mon autre main et me rapproche de lui. Son souffle chaud me réchauffe.

Pourquoi est-il SI près ? Il n'en a pas besoin !

Ses yeux brillants me scrutent et quelque chose d'indéfinissable bascule dans son regard. Sa bouche s'étire d'un sourire magnifique, il commence à reculer et à me tirer à sa suite et... chose inconcevable, je glisse sur la glace sans chuter.

— Tu vois, c'est facile ! me dit-il.

Mes lèvres s'étirent elles aussi, j'adore la sensation que cela me procure. Soudain, je pouffe avant de lui faire remarquer qu'il se cristallise avec le froid.

— Les poils de ta barbe sont en train de congeler !

— Ah oui ? Tes sourcils se glacent aussi !

Nous éclatons de rire, puis il ralentit jusqu'à notre arrêt total. Il me lâche une main pour remettre mon bonnet sur mes oreilles. Je le laisse faire et chose très étrange, j'adore ça. Un frisson chaud me parcourt jusqu'aux orteils et je rougis, mais ça, il ne peut pas le voir étant donné que nous sommes déjà rouges en raison du froid.

— Ne bouge pas, me demande-t-il.

Il se place derrière moi, puis je sens deux mains me tenir par les coudes. Cela devrait m'irriter, car il le fait sans mon autorisation, mais je préfère vivre l'instant présent. Et puis, franchement, ce ne sont que mes coudes !

Va dire ça à ta libido et à ton cœur qui soudain bat plus vite sans raison.

— Regarde en face de toi le paysage urbain de Montréal, me dit-il.

Je suis émerveillée.

— C'est à couper le souffle !

— Ici, nous sommes dans le parc La Fontaine, l'un des plus beaux parcs de Montréal. En été, c'est une oasis de verdure, en hiver, on patine en venant prendre un grand bol d'air frais. La glace est naturelle et entretenue régulièrement, aucun risque.

Sa voix sensuelle me fait l'effet d'une caresse qui s'engouffre dans le petit vent frais qui se lève. Le silence qui suit me laisse dans l'expectative d'un évènement qui se prépare, comme s'il calculait quelque chose. Surtout lorsqu'il se remet devant moi et qu'il regarde ma bouche avec insistance. Je devrais m'offusquer contre son audace, mais il ne me provoque pas, je n'ai aucune raison valable de m'opposer à ce qu'il compte faire.

Il s'approche un peu plus de moi, puis sa bouche s'ouvre à nouveau. Un éclair traverse mon estomac. Seulement, ce qu'il me dit m'attriste, car il m'abandonne.

— Je vais dire à Julian qu'il faut rentrer, tu as les joues rouges et les lèvres gercées.

Après un instant d'hésitation, il me quitte pour appeler mon frère. Et moi, je suis à la fois contente et déçue. Contente parce qu'il s'inquiète pour moi et déçue parce que je m'attendais à ce qu'il...

Non, Elyna, comment peux-tu avoir envie qu'il t'embrasse ?

Tu n'aimes pas les barbus. Ce n'est pas bon, les poils dans la bouche, si jamais tu l'embrassais... si tu le dis...

Et puis, tes lèvres sont abîmées par le froid, de toute façon... tu n'apprécierais pas.

— Noël m'a dit que tu avais froid, alors, on va se réchauffer, OK ? me propose Julian.

Avec tout ça, je ne l'ai pas vu venir.

— Oh ! tu es vraiment rouge, il faut se mettre au chaud, c'est vrai ! confirme sa future femme, qui apparaît comme par magie elle aussi.

Alors que nous déchaussons nos patins pour retrouver nos bottes, je ne peux pas m'empêcher d'observer Noël, qui patine avec une autre femme sur la glace. Et chose improbable : j'aimerais être à la place de cette fille.

— Noël ne vient pas ? demandé-je à qui veux bien me répondre en premier.

— Non, il est avec le contact numéro trois, me dit Charlie.

— C'est quoi, ce pari, exactement ? demandé-je comme si je ne savais pas de quoi il s'agissait.

— Oh, un truc d'hommes ! Julian a parié avec Noël qu'il n'arriverait pas à sortir avec un seul de ses contacts téléphoniques avant notre mariage.

— Ah, avec un seul de ses contacts ?

— Ou plusieurs ! Noël n'aura pas de mal, car ici, les filles sont plutôt avenantes.

— Ah, je vois !

Elle secoue la tête.

— Non, ce que je veux dire, c'est qu'elles font très souvent le premier pas, dans notre pays, donc il n'aura pas de mal à en trouver une ! m'apprend-elle d'un ton joyeux.

Encore mieux. Il n'y a que moi qui trouve ce deal *débile ?*

J'aime bien Charlie, mais parfois, je trouve ses propos un peu... inconvenants.

Et la légèreté de ses propos sur le... sexe et sa pudeur inexistante me surprennent.

Mais sans doute suis-je trop « prude ».

Chapitre 5

Chocolat chaud

Hier soir, Noël n'est pas rentré. Ce matin, lorsque je descends pour le petit déjeuner, il n'est pas là. Ce qui m'étonne, car au Québec, ce premier repas est le principal de la journée. Lorsque j'arrive dans la cuisine, tout est déjà prêt sur la table et j'en salive d'avance.

— Bonjour, Elyna, bien dormi ?

— Très bien, merci, Julian.

— Maintenant, il faut prendre des forces !

— Hum… tout a l'air vraiment délicieux !

Et c'est vrai, l'odeur du bon café, des gaufres nappées de pâte à tartiner au chocolat, des croissants, des tartines salées… il y a même des œufs sur le plat, des saucisses de Toulouse et… de la salade ! Je ne garantis pas que j'arrive à avaler tout cela !

— Ce soir, c'est le grand soir des adieux ! lance Charlie d'une façon joyeuse.

Je ne l'ai jamais vue fâchée, surtout si l'on parle du pari stupide de Noël…

— Oui, on enterre nos vies de garçon et de fille ! Noël dans le groupe des gars et toi dans le groupe des filles ! m'explique Julian.

— Ah oui ?

— Oui ! Nous allons en parler ce matin ! poursuit-il avec entrain.

— Mais… Noël est le second témoin et il n'est pas là…

— Oh, ne t'inquiète pas, je le mettrai au parfum tout à l'heure. Il doit revenir dans une heure, ajoute-t-il.
— Il prend le petit déjeuner avec la fille de la patinoire au bistrot d'à côté, m'apprend Charlie.
— Ouais, il a gagné le pari… soupire Julian.
— Techniquement, non, fait remarquer Charlie. Il doit, enfin, tu sais quoi…

Non, mais je rêve ! Ils parlent de relation sexuelle entre eux, comme ça ?

— Noël y arrivera, je lui fais confiance, affirme Julian.
Confiance…
Père Noël, empêche-moi de faire ce qui trotte dans ma tête !
J'avale un croissant à la hâte et prends congé, prétextant un besoin de marcher avant la journée qui nous attend.
Franchement, père Noël, tu n'es pas du tout convaincant…
— OK, mais tu reviens dans une heure maximum, m'avertit Julian, la journée d'adieux commence dans une heure trente et tu dois te préparer !
— OK !

J'arrive au bistrot où devrait se trouver Noël et *yes !* je le repère au premier coup d'œil. Je me faufile pour éviter d'être remarquée, car je suis ici incognito. Pourquoi ? Je n'en sais fichtre rien, juste parce que j'ai envie de savoir ce qu'il fait…

Tu es folle !
Peut-être, oui !

Ça doit être le froid qui a givré mon cerveau… ou ma libido qui l'a fait fondre, à force…

Je m'assieds à une table pour deux personnes, puis commande un café, à la surprise du serveur, qui insiste pour que je prenne au moins un *bagel*.

Qu'ont-ils à vouloir me faire manger à tout prix ?

Pendant que j'accepte, mon regard se déporte inévitablement vers Noël. Ce crétin s'esclaffe, la blonde en face de lui avance sa poitrine dans sa direction au-dessus de la table. Son décolleté est juste choquant : comment peut-être porter un truc aussi voyant et minuscule en plein hiver ? Au bout de quelques minutes interminables, pendant lesquelles je fixe la fenêtre avec un grand intérêt (et surtout durant lesquelles je me demande ce que je fais là), le café m'est servi. Sans attendre, je le bois d'un trait, manquant me brûler au passage (car il est très chaud), puis j'entends une voix familière qui me parle (de l'autre naze), comme si elle apparaissait dans le brouillard (je me demande ce qu'il a mis dans mon café). Je déglutis.

— Ça va, mademoiselle ?

Oh, mon Dieu ! Cette voix qui me torture...

— Noël ? Que fais-tu ici ? lui demandé-je, feignant la surprise en levant mon nez vers lui.

— Je prends mon petit déjeuner avec Alicia.

— Alicia ?

— Oui, c'est comme ça qu'elle s'appelle.

— Bien.

— Bien !

Je n'ai plus envie de poursuivre cette conversation ridicule : je me lève et je le percute alors qu'il avance pour prendre le même chemin que moi.

Je m'excuse.

— Désolée, je n'avais pas vu que tu étais devant moi.

Il lève les yeux au ciel, puis souffle comme si je l'agaçais. Un rituel chez lui (ou chez moi). Je décide de ne pas y prêter attention et le devance. Derrière moi, ses pas. Je m'arrête, puis lui fais face.

— Tu me suis ? lui demandé-je.
— Je vais aux toilettes.
— Moi aussi.
— Bon, eh bien, allons-y !
— J'y vais seule, si tu veux bien.

Il souffle, porte sa main à son front tout en fermant ses paupières et prend une inspiration profonde comme s'il cherchait à se calmer. Lorsqu'il ouvre les yeux, les miens s'écarquillent.

— Si je viens de passer devant ta table, c'est parce que j'ai une envie pressante et que ta table se trouve sur le chemin des w.c. Pas parce que je t'ai vue entrer. Je ne compte pas partager mes toilettes avec qui que ce soit et encore moins avec toi.

De quoi parle-t-on, là ? De toilettes ?!
Je suis définitivement misérable…

— Bien, lui réponds-je.

Il m'a vue entrer… tiens donc…

— Bien ! rétorque-t-il en élevant légèrement la voix.

Je le laisse finalement passer et me rends au bar pour payer mon dû afin de déguerpir d'ici rapidement.

— Vous allez bien ensemble, me dit le barman.
— Comment ?
— Avec le type que vous avez bousculé en vous levant.
— Certainement pas, il est odieux et… *sexy*.

Mais pourquoi j'ai dit ça, moi ?

— Vous ne le savez pas encore, mais vous allez finir ensemble, le hasard et le destin ! insiste-t-il.

— N'importe quoi ! Il est bien pour une femme désespérée et moi, je ne le suis pas.

Qu'est-ce qu'il a, celui-là, à dire une phrase qui me rappelle... Noël...

Quelqu'un tousse derrière moi. Le barman lève les sourcils et ses yeux me guident vers celui qui en est la cause. Comme au ralenti, je me retourne : Noël est bien derrière moi et il me dévisage. De prime abord, il ne laisse transparaître aucune émotion. Mais très vite, son visage s'assombrit comme si je l'avais vexé. Ce qui me donne automatiquement envie de le prendre dans mes bras pour le consoler.

Je suis méchante, pourquoi j'ai dit cette phrase au barman ? Je ne la pense même pas !

Finalement, Noël me salue d'un bref hochement de tête.

Je n'avais pas remarqué que son visage n'avait plus de barbe, même si sa peau est assombrie par quelques petits poils naissants. Je décide d'ignorer l'effet qu'il produit sur moi, mais ma détermination s'évanouit lorsque ses yeux brillants pétillent comme du feu qui crépite dans une cheminée. Il s'approche encore de moi, tellement proche que je sens son souffle sur ma bouche. Il lève sa main, puis l'avance à proximité de mon visage. Mon souffle se coupe, chaque cellule de mon corps meurt de désir pour lui. Il hésite, puis se ravise et sa main retrouve sa place dans la poche de son pantalon.

— Tu as rasé ta barbe ? lui demandé-je contre ma volonté, qui me tanne pour que je lui résiste.

— Ce n'est pas pour toi que je l'ai fait, je ne suis pas pitoyable à ce point. Ce soir, je coucherai avec cette fille là-bas. Elle est Québécoise comme moi et elle me plaît.

Et il va la rejoindre.

Sa phrase tombe comme un couperet, me fait mal, même si c'est un retour de bâton que je mérite.

Même si je ne sais pas pourquoi cela me touche à ce point.

Ah bon ?

Lorsque je pousse la porte pour sortir dans la rue, une chaleur m'envahit, j'ai comme des envies de meurtre et le pire dans tout ça, c'est que je ne sais pas si c'est envers la blonde ou le barbu. Qui d'ailleurs n'en est plus un.

Chapitre 6

À cran

— Elyna, laisse-moi faire, descend de cet escabeau !
— Non, Julian, j'y arriverai toute seule !

Mon corps entreprend de trouver une certaine sérénité, mais une bouffée de colère le soulève. Le barbu n'est toujours pas rentré. Et il est avec *elle*.

D'ailleurs, pourquoi cela m'embête à ce point ?

Il te plaît, avoue !

Fiche-moi la paix, père Noël !

Je suis perchée sur la troisième marche d'une échelle à vouloir à tout prix accrocher cette foutue étoile au sommet du sapin gigantesque qui trône au milieu du salon. Pourquoi cette fichue étoile est-elle tombée, déjà ? Pourquoi ?!

Mes oreilles suspendent le temps et m'arrêtent dans mon élan lorsqu'un bruit suspect de porte qui claque résonne. Mon cœur accélère son mouvement, comme *s'il* allait apparaître comme par magie.

Tu l'attends, maintenant ?

Tu es pathétique, ma pauvre... il est avec l'autre pouffe !

Je respire profondément, puis essaie de me concentrer uniquement sur ma tâche.

Sauf que Noël parle trop fort et que je l'entends. D'une voix grave et éraillée, il explique à Charlie qu'il a embrassé *Alicia* tout à l'heure et à ce moment-là, je chavire et je perds l'équilibre. J'entends Julian crier et moi, je tombe...

— Mais tu es vraiment inconsciente ! me crie *sa* voix.

Mon corps stupide choisit de s'échouer dans les bras du barbu au lieu d'élire ceux de mon frère, qui pourtant étaient plus près. Lorsque j'en prends conscience, je me débats et me dégage de son emprise rapidement, le cœur battant à tout rompre. Je me remets sur mes pieds tant bien que mal. Le menton redressé, la tête haute et les bras croisés, le coup part de ma bouche.

— Tu me tapes sur les nerfs, Noël ! crié-je à l'attention de celui qui m'a évité une chute, c'est-à-dire le barbu, qui me regarde d'un air ahuri comme s'il ne comprenait pas le sens de ma phrase.

— Un merci m'aurait suffi, me répond-il calmement.

— Un merci ? Non, mais je rêve ! poursuis-je, alors que je pense à l'autre idiote avec lui dans le bistrot, bouche contre bouche.

Il croise les bras sous sa poitrine.

— D'accord. Alors, TOI, tu m'emmerdes depuis la première fois où je t'ai vue dans cet avion !

Ma bouche s'ouvre encore plus grand, quel culot !

— Épargne-moi tes remarques ! lui réponds-je d'une manière agressive.

— Ce n'était pas une remarque, mais un fait : tu es une emmerdeuse ! me crache-t-il à son tour.

Mes mains se posent sur mes hanches, il les suit du regard.

— Et toi un grossier personnage qui m'a fait une proposition indécente dans l'avion !

— C'était une blague ! Mais j'aurais dû me rendre compte que tu n'as pas du tout le sens de l'humour !

Un silence s'insinue entre nous et nous nous dévisageons, comme si tous les deux, nous venions d'éprouver un sentiment de ridicule dans notre conversation, au moment même où nous prenons conscience que nous avons deux spectateurs un sourire en coin.

Mais cela n'arrête pas la bêtise de la phrase qui suit, car elle traduit ce que je ressens pour lui. C'est plus fort que moi, car je la retiens dans mon esprit depuis trop longtemps. Alors, je dégaine plus vite que mon ombre...

— Et celui qui couche avec la première blondasse venue ! C'est une blague, aussi ? Celle-là, elle m'a fait beaucoup rire, HA ! HA ! HA !!!

Au moment où je me rends compte que ma phrase n'a pas vraiment de sens, puisqu'en théorie, je ne devrais pas me préoccuper de sa vie sentimentale, je pense que j'aurais préféré me taire, mais il est trop tard pour revenir en arrière. Les yeux de Noël brillent, sa bouche semble vouloir bouger, mais ne le fait pas et je le vois déglutir. Ensuite, une lueur amusée fait frémir ses lèvres, qui s'étirent aux commissures. Il fait deux pas vers moi et la tension entre nos deux corps monte d'un cran. Sauf qu'il ne s'agit plus d'énervement, mais de quelque chose d'autre que je ne saurais pas définir... ou presque.

Tension sexuelle... merde !

— Quand je veux quelque chose, je l'obtiens. Tout à l'heure, je voulais qu'elle m'embrasse et elle l'a fait, m'avoue-t-il d'une voix rauque qui me fait vibrer.

— Pfff, très touchant ! soufflé-je en remettant nerveusement une mèche rebelle derrière mon oreille.

Il s'approche très près de moi, à moins de dix centimètres, je peux respirer son souffle chaud qui sent le chocolat et la cannelle et qui me donne envie de le goûter instantanément…

— Maintenant, je veux que tu arrêtes de tomber là où je me trouve, je veux que tu arrêtes de me suivre et de m'espionner, je veux que tu arrêtes de me dévisager avec ces yeux-là… m'ordonne-t-il d'une voix rauque.

Il me pointe avec son majeur, je recule d'un pas et je rougis en prime. Pourquoi ai-je l'impression qu'il me demande de faire l'inverse de ce qu'il m'ordonne ?

Mon visage est si chaud que je dois être rouge écarlate…

Et je ne te parle pas du reste de mon corps, père Noël…

— Ah, mais non, je ne t'espionne pas et je… commencé-je, morte de honte, consciente que nos hôtes sont avec nous, nous écoutent sans intervenir.

Et nous coupent dans notre élan, craignant sans doute que notre conversation dégénère.

Apparemment, ils sont deux à ne pas comprendre notre langage ?
Ou alors, ils veulent nous arrêter avant que… que quoi, déjà ?

— Oh là, on se calme ! intervient Charlie. Je ne sais pas ce qu'il vous prend, mais il faut être raisonnable, juste le temps de cette soirée, du mariage et du déjeuner du 25 décembre. Tu me le promets, Noël ? Même si je sais que tu la détestes, ce n'est pas une raison pour renchérir, OK ?

Il opine du chef, ses yeux toujours rivés aux miens, des yeux qui m'appellent… vers lui.

Pourquoi j'ai tant envie de lui, là ?!

Ensuite, Noël me tourne le dos comme s'il me boudait, ce qui me désole, allez savoir pourquoi !

Bien sûr que si, tu le sais !

À mon tour de me faire gronder par mon frère.

— Et toi, Elyna, sois raisonnable ! Je sais que tu ne le supportes pas, je ne sais pas pourquoi, mais c'est comme ça, donc fais un petit effort, OK ? De toute façon, Noël nous quitte le 25 au soir, vous ne vous verrez plus, OK ?

Être remise à ma place par Julian me fait un drôle d'effet, j'ai l'impression que je suis redevenue une petite fille que l'on gronde... et puis, je ne déteste pas vraiment Noël... c'est que...

Minute, Julian m'a dit qu'il partait le 25 au soir ?

J'ai compris, mon frère ne veut pas que je me lance dans une aventure d'un soir !

La liste « pas touche ».

Moi, je suis déçue et, inconsciente que je suis, je lui en fais la remarque.

— Tu repars déjà le 25 ? demandé-je.

Noël se tourne vers moi une nouvelle fois et nos regards se croisent longuement, longtemps, du moins, c'est l'impression que cela me donne. Ensuite, il passe une main sur son visage, comme s'il était embarrassé. Mais au lieu de me répondre, il préfère s'adresser à Julian.

— J'ai embrassé Alicia sur... les joues et j'en ai terminé avec elle. Elle est trop...

Il me jette un coup d'œil, puis reprend :

— Elle est trop... soumise, elle dit oui à tout ce que je propose, oui à tout ce que je dis... aucun caractère, termine-t-il.

Je respire à fond comme si j'étais soulagée. Noël me regarde, ses yeux brillent comme des étoiles dans la nuit et ses lèvres esquissent un sourire. Mon estomac reçoit un coup de jus avec violence et je souris aussi. Il regarde à nouveau Julian, pour lui dire un truc que j'apprécie moins.

— Je continue avec ton contact numéro 10 ce soir !
Super, il continue ! Salaud !
Merde, mais pourquoi cela m'importe-t-il ?
Je crois que je commence à l'apprécier, beaucoup... énormément... c'est juste horrible...
Horrible, mais du coup, tellement excitant...

Il m'agace à me regarder avec ces yeux remplis de désir, il m'agace lorsque ses yeux s'enfoncent en moi et me renversent, il m'agace lorsqu'il met mes sens à l'épreuve... et... ma réaction en réponse m'emmerde encore plus !

Son contact numéro 10, hein ? Et si moi, ce soir, je prenais un ticket aussi ? Un contact mâle du téléphone de Julian ?

Chapitre 7

Enterrement de vie de jeune fille

Cet après-midi, les filles avec les filles et les garçons avec les garçons ! Charlie a choisi un enterrement atypique. J'ai déjà participé à des enterrements de vie de jeune fille et c'était plutôt différent. La fiancée de mon frère a préféré un après-midi de magasinage, traduisez : sortir sa carte de crédit et découvrir toutes les boutiques du quartier du Plateau à Montréal !

Munies de bonnes chaussures de marche, de vêtements assez chauds pour supporter le froid et la neige, mais assez facile à retirer lorsque nous accédons aux commerces, nous voilà toutes les dix en direction des premières boutiques de bijoux originaux.

— Le but, les filles, c'est d'acheter un bijou que vous mettrez au mariage ! nous explique Charlie, et pour ce faire, vous avez un crédit de cent dollars !

Eh bien, je ne savais pas que nous avions de l'argent de poche ! Ça aussi, c'est peu commun.

Pendant que nous arpentons le boulevard Saint-Laurent, je reçois un SMS de Julian, qui, curieux, souhaite avoir des informations sur notre virée. Il est vraiment trop mignon de s'inquiéter des actes de Charlie, il a tellement peur qu'elle rencontre un homme, un strip-teaseur ! Je lui réponds que non, pas d'hommes nus à l'horizon, car nous ne sommes pas en France (comme lors de mon dernier enterrement de vie de jeune fille à Paris), par chance pour lui ! Il me répond avec un « ouf » qui veut tout dire. J'en profite pour lui demander ce qu'eux font (entendre ce que fait Noël, alors que cela ne m'intéresse absolument pas, enfin... juste un peu).

— Voilà, maintenant, direction le magasin *Holt Renfrew Ogilvy* pour un shopping personnalisé ! Nous avons toutes rendez-vous, à vous de choisir votre tenue pour le mariage !

— Charlie ? Puis-je poser une question ?

— Bien-sûr, Elyna,

— En fait, j'ai déjà ma tenue.

— Oh, ce n'est pas grave ! Comme ça, tu en auras deux, ou alors tu pourras garder la seconde pour ton *trip de baise* !

Toutes les filles rient, mais moi, j'avoue que je ne comprends pas très bien ce qu'elle insinue. Alors, plutôt que de paraître bête, je pose la question par SMS à Julian, qui m'appelle immédiatement au lieu de me répondre par message.

— C'est quoi cette histoire de *trip* de baise ?!

Il m'a l'air plutôt furieux.

— Justement, c'est Charlie qui me dit que... en fait, elle m'a dit que je pouvais avoir une tenue... ça veut dire quoi, au fait : *trip de baise* ?

Je vois bien que cela le met hors de lui et que ç'a un rapport avec le sexe, sauf que moi, j'aimerais vraiment savoir de quoi il s'agit exactement.

— C'est un plan cul.

Son explication tombe comme un cheveu sur la soupe.

— Oh... elle m'a proposé une tenue pour un plan cul, alors.

— Avec elle ?!

— Non, idiot, avec un homme que je rencontrerai au mariage, je crois.

— Ah ! Vous n'avez pas de plan cul en ce moment, hein ?
— Non, Julian, on fait les boutiques ! Tu es bête !
— Je suis soulagé…
— Mais, ça ne va pas ou quoi ? Charlie n'est pas ce genre de fille !
— Oui, mais tu sais, avec les enterrements de vie de…
— Et vous, vous faites quoi ?
Je l'entends souffler, comme si ça l'épuisait.
— On fait la guerre…
— Vous vous disputez ?
— Non, on est dans un jeu où on se tire dessus, ensuite, on ira boire une bière et puis on vous rejoindra pour le dîner. Enfin !
— ON se rejoindra ? lui demandé-je à titre de confirmation, tandis que mon cœur bat plus vite à l'idée de retrouver Noël plus tard, alors que je ne le veux pas du tout.

C'est ça, oui, à d'autres…

Père Noël, tu te tais ! Pas la peine que tout le monde soit au courant !

— Elyna ! On t'attend ! me crie Charlie.
— Je dois te laisser, Julian, ta future femme m'appelle.
— Aucun mot à Charlie, hein ? me chuchote-t-il comme un supplice.
— Tu peux compter sur moi… euh… Julian ?
— Oui ?
— Noël… il… il fait quoi… en fait, je m'en fiche, hein, je…
— Elyna, je sais qu'il te plaît, ça crève les yeux.
— Lui ? Non !!!
— Elyna ! me rappelle Charlie.
— Je dois y aller, Julian, à plus tard.

— D'accord. Noël tue tous les mecs qu'il croise, surtout lorsque je lui dis que je t'ai donné un contact téléphone « mec »… À plus tard, Elyna.

Mon souffle se fait court et j'entends battre mon cœur. Il s'intéresse à moi ! Son comportement le trahit.

Comme si tu ne le savais pas déjà…

Lorsque je rejoins le groupe, un sourire lumineux s'affiche sur mon visage.

Mon corps fait n'importe quoi.

À l'heure dite, nous rejoignons les garçons dans un restaurant qui offre des cours de cuisine. D'après Charlie, nous pourrons déguster nos œuvres culinaires.

— Nous souhaitions terminer ensemble la soirée des adieux, même si c'est contraire à la coutume ! nous indique Charlie alors que nous arrivons au « The Lincoln Apartment Bakery ».

Je n'ai pas besoin de savoir que Noël est dans la pièce tant je sens son charisme et son odeur d'ici.

Son odeur ! Mais tu es folle, ma fille !

Les garçons nous sifflent à notre arrivée et il y a de quoi, nous nous sommes surpassées : tenue sur mesure, maquillage réalisé par des professionnels, le tout aspergé d'un parfum personnalisé que nous avons créé dans le dernier atelier que nous avons visité. Finalement, l'après-midi était génial.

Julian m'embrasse, puis me présente aux garçons. Je sens le regard brûlant de Noël alors que je ne le vois pas. Chaque mec m'embrasse et comme le veut apparemment la tradition — dans tous les cas, celle voulue par Charlie et Julian —, Noël et moi sommes obligés de nous embrasser nous aussi. Ce qu'ils ne mesurent pas, c'est que ce n'est pas un effort pour nous, au contraire, le supplice étant surtout d'éviter de trop nous approcher l'un de l'autre... dans tous les cas pour moi.

Lorsqu'il s'avance vers moi, beau comme un dieu dans sa tenue de soirée, le temps semble s'arrêter. Je recule, prise d'une panique soudaine, puis je frémis. Sa bouche s'entrouvre et son sourire me fait fondre. Il est rasé de près et je dois dire que son visage est magnifique, son sourire lumineux, ses yeux étincelants semblent me complimenter, surtout lorsqu'ils me balayent de haut en bas. Mon cœur marque un arrêt sur image et mon souffle se coupe lorsqu'il se penche vers moi, lorsque sa bouche vient se poser sur ma joue droite, effleure mon oreille pour me confirmer qu'il me fera deux baisers comme les Français, lorsque son bras droit se pose ensuite sur mon épaule gauche et que sa main gauche se pose dans le creux de mes reins. Ses muscles se devinent grâce à sa chemise blanche qui les moule, son pantalon ajusté laisse discerner ses jambes et... tout le reste aussi, surtout quelque chose que j'ai senti tout à l'heure, pendant un bref moment, me frôler le ventre, plus dur que de la pierre. Même s'il m'a certainement effleurée volontairement, je m'en fiche...

L'embrassade ne dure qu'un instant et pourtant, elle me laisse un goût enivrant qui me donne envie d'en connaître plus.

— C'est très bien, ça ! me souffle Charlie pour nous féliciter d'avoir fait cet effort, qui en réalité n'en était pas un.

Noël me regarde un instant avec un sourire pendant que je fonds à vue d'œil, jusqu'à ce qu'une fille de mon groupe s'accroche à son cou et lui arrache un baiser sur la bouche.

— C'est son coup numéro onze, me souffle la future mariée. *Super, il a déjà fait le dix !*

Pendant toute la durée de l'atelier, le sang bout dans mes veines tant je suis indignée par le comportement de Noël. Je bois plus que je ne le devrais pour oublier ce crétin de barbu, mais cela ne fonctionne pas. Sans parler du fait que je rate tout ce qu'il faut faire. Ma sauce tourne, ma viande brûle et comme si cela ne suffisait pas, je me coupe avec le couteau. Tout cela à cause de ce que je vois à la table d'à côté : Noël et la pétasse numéro onze qui jouent au parfait petit couple faisant amoureusement la cuisine à deux !

Mon partenaire prend mon doigt blessé et le passe à l'eau froide. Purée, ça fait super mal !

— Il faut que je t'embrasse, peut-être que tu n'auras plus mal, me propose-t-il.

— Non merci, ça ira.

— Oui, mais peut-être que tu veux être mon *trip* de baise ?

— Non, vraiment, non, merci.

Merci ? Mais je suis stupide ou quoi ?

— Alors, un tout petit bisou…

— Non… vraiment…

Je le repousse, mais il insiste en se rapprochant au plus près de moi.

— Elle a dit NON, putain, t'es sourd !!

C'est là que je vois Noël prendre mon coéquipier par le col et le plaquer contre le mur qui se trouve derrière notre dos.

— Il n'y a pas de malaise, mec ! se défend-il.

Noël le lâche, puis se rendant compte que tout le monde le regarde, se justifie. Moi, je suis hyper contente !

— C'est une blague ! Je ne voulais pas lui casser le nez !

Ensuite, le plan cul de Noël apparaît, enfourne sa langue dans sa bouche, tandis qu'il porte ses mains aux fesses de la fille, qui se frotte à lui comme une traînée. Tous les autres sifflent, ce qui me met hors de moi. Au lieu d'aller le gifler, ce qui finalement me plairait bien, je m'en vais aux toilettes pour me calmer.

— Attends ! me crie-t-il tandis que j'entends ses pas derrière moi.

Il me suit.

Il me suit !!!

— Tu as bu, tu fais comme les autres, me crache-t-il alors que je me retourne pour lui faire face.

— Quoi ? Mais je rêve ! Bien sûr que j'ai bu, je suis même un peu pompette, mais je suis en pleine possession de mes moyens, MOI ! Et qu'est-ce que ça peut te faire ?! Tu n'es pas mon père !

— Donc, tu veux coucher avec moi, c'est ça ? me dit-il avec un sourire en coin qui me déplaît, car il se moque de moi, encore une fois.

— Les mecs préfèrent les filles bourrées pour mieux les sauter, hein ? Parce que c'est ce que tu veux, hein ? Me sauter ! Mais malheureusement pour toi, je suis sur la liste « pas touche » de mon frère !

Il s'approche de moi, me plaque contre le mur du couloir qui mène aux w.c. sans prendre garde au fait que quelqu'un peut nous apercevoir, et je le laisse faire. Il colle son corps au mien, tellement proche que je sens une dureté au niveau de son entrejambe, ce qui m'excite au plus haut point, à mon grand désespoir. Car je sens que je vais me perdre…

Son souffle balaye mon visage et irresponsable, j'attends la caresse de sa bouche sur la mienne, les yeux clos. Cette attente chargée d'une tension qui m'est étrangère est insupportable. Et lorsqu'il se décide enfin, que les poils qui lui restent de sa barbe picotent ma peau, que son parfum effleure mes sens en alerte, qu'une musique commence à tonner au loin, son corps se presse contre le mien tandis que ses mains bloquent toujours les miennes au-dessus de ma tête. Le désir puissant au creux de mon ventre est une torture et un délice à la fois.

Mon corps oublie toutes ses réticences et s'abandonne à sa merci, ignorant toute ma volonté d'autocontrôle…

Une vague de chaleur me remplit et mon cœur frappe fort dans ma poitrine et trépigne pour m'interroger sur ce qui est en train de se passer. Mais je ne lui réponds pas, car inconsciemment, j'ai envie qu'il poursuive ce qu'il entreprend.

Ma peau crépite, brûle, puis finit par s'enflammer, emportant avec elle mes bonnes résolutions qui pouvaient encore lui résister.

Noël a un goût sucré délicieux, des restes des pâtisseries que nous venons d'ingurgiter. Je désire cet homme au point de m'en rendre malade, d'oublier que j'ai détesté son insolence, ses propositions déplacées formulées dans l'avion, ses moqueries, ses coups d'un soir… avant que son corps bien bâti, ses muscles, son goût et son odeur ne m'envoûtent.

Pourtant, j'ai le sentiment que nous nous engageons dans la mauvaise direction, vers un monde où nous allons finir par nous perdre.

Seulement, lorsqu'il resserre l'espace entre nous, que son entrejambe me frôle une nouvelle fois, puis se serre contre mon ventre, que sa langue joue avec la mienne avec plus de vigueur, qu'un grognement étouffé résonne dans sa gorge, que je suffoque à ne plus pouvoir respirer… je perds définitivement la tête jusqu'à vouloir me donner à lui corps et âme sans me soucier des conséquences.

Et pour une raison inexplicable, je veux qu'il aille plus loin, alors que nous pourrions être surpris.

Et pour une raison inexplicable, il me fait fondre autant qu'il m'indispose.

Et pour une raison inexplicable… il me plaît et me fait beaucoup d'effet…

Je commence à bouger mon bassin tandis qu'il s'empare de mes lèvres encore et encore, que je les ouvre pour lui permettre d'introduire sa langue encore, qu'elle joue avec la mienne, à faire des tourbillons indéfinissables, interminables, jouissifs… Puis ses mains, qui retenaient les miennes à plat sur le mur au-dessus de ma tête, se décident à être plus audacieuses en descendant plus bas, par mes flancs, jusqu'à s'aventurer sur mes fesses. J'enroule mes bras autour de son cou, décale mon corps du mur et l'écrase complètement sur le sien pour permettre à ses mains d'atteindre leurs cibles et de les caresser à travers le fin tissu de ma robe.

J'ai envie de lui si fort que ça me fait mal de ressentir ça pour cet homme qui n'a eu de cesse de se moquer de moi depuis que je l'ai rencontré.

Pourtant, lorsque sa main passe en dessous de ma robe pour se faufiler sur ma culotte et toucher ma peau à travers elle, j'ai envie qu'il aille plus loin, je ne l'arrête pas, au contraire, je l'encourage. J'ai oublié comment me comporter autrement…

— Caresse-moi encore…

Je gémis et il pousse un râle.

Et puis tout bascule une nouvelle fois, sans que j'en comprenne le sens.

Sa bouche quitte la mienne à mon grand regret. Haletant, il se dégage de moi en retirant mes mains, qui étaient encore sur son cou, les plaçant d'autorité le long de mon corps d'un geste qui me paraît brusque. Je me crispe et suffoque comme si j'avais besoin d'oxygène.

Je dois être malade.

Sa bouche s'approche dangereusement de mon oreille. Je frissonne lorsque je sens le petit vent dû à son souffle.

Mais ce qu'il me dit ne me plaît pas du tout.

— Lorsque je te ferai l'amour, je veux que tu t'en souviennes. Mais peut-être que je ne te le ferai jamais.

Mon cœur se dérègle et le vent le retourne. Il va me laisser comme ça, haletante, alors que j'allais m'offrir à lui ?! N'était-ce pas ce qu'il désirait depuis qu'il m'a fait sa proposition dans l'avion ?! Alors, pourquoi ne s'exécute-t-il pas ?

Ensuite, il réajuste son pantalon, puis me quitte, avec un sourire en coin me laissant avide de lui et frustrée.

La tête me tourne, sans doute un mélange d'alcool ingurgité et d'envie de lui…

Une pensée affreuse me vient à l'esprit : je suis certaine qu'il va sauter son coup d'un soir et cela me donne une envie de crime. Parce qu'il me laisse sans assouvir mon désir de lui, parce que je ne veux pas qu'une autre femme l'approche.

Je suis complètement folle de vouloir ça, de le vouloir lui. Parce qu'il refuse de me faire l'amour. Pour lui, je n'étais et ne suis qu'une distraction, un souffre-douleur, il fait grimper mon désir pour lui pour mieux me délaisser ensuite… juste pour vérifier son pouvoir de séduction. Et moi, je me suis fait avoir comme une bleue !

Je déglutis, me ressaisis, puis me rends dans les toilettes des dames pour rafraîchir mon visage et reprendre une contenance, mon corps et mon esprit n'en revenant toujours pas de ce qui vient de se passer.
De ce que j'ai laissé faire.
Dans un moment de faiblesse.
D'inconscience.
Le salaud !

Lorsque je reviens, tout le monde est assis un verre à la main.
— Tu viens, Elyna ! m'appelle Julian.
Je prends place à côté de lui et comble du comble, Noël change de place pour venir s'installer à côté de moi. Ses genoux touchent presque les miens. Il a couché avec la blonde et maintenant, il souhaite certainement coucher avec moi vite fait bien fait dans les toilettes ? Il m'écœure.
— Ça y est, tu as mis ton pain dans son four ? lui demandé-je avec une pointe d'ironie dans la voix.
Il s'agite, ses yeux clignent et j'ai le sentiment qu'il blêmit.
— Mon pain dans quoi ? Non, on a fait des boulettes de viande à… se justifie-t-il comme s'il était embêté.
— Prends-moi pour une débile ! Tu l'as culbutée, oui ou non ?!
J'ai sans doute crié un peu trop fort, car le silence qui règne est affreux. Il se masse le cou et sa bouche s'ouvre pour me répondre, mais c'est le coup numéro onze qui le fait à sa place.
— Bien sûr qu'on l'a fait, dans les toilettes, juste avant.

Silence de mort, des yeux écarquillés nous regardent, Noël se racle la gorge : les traits de son visage se déforment et il se décompose.

— Tu es un connard de la pire espèce qui existe dans le monde ! Tu caresses ma peau tout à l'heure et ensuite, tu mets ta queue chez elle ! J'aurais préféré que tu n'existes plus !

Il ne dit rien, mais tout son visage se crispe. Ma respiration s'arrête. Tout le monde me regarde. Julian me scrute. Les autres doivent être horrifiés par ce que je viens de dire, car en cet instant, même si mes mots sont un peu forts, j'aimerais qu'il n'existe pas. Que sa bouche n'existe pas, que ses mains n'existent pas... Je comprends que j'ai dit ça, car je m'étais promis de ne plus tomber sous le charme d'un homme depuis Noah et que Noël réveille en moi un désir puissant pour lui. Même si c'est un homme que je déteste autant que je veux qu'il me possède qui me fait sortir de mes gonds. Noël me regarde avec des yeux qui ne sont ni en colère ni ravis. De la pitié, sans doute.

— Je ne savais pas que tu me voyais comme ça, que tu souhaitais que je meure. Sache qu'à partir de maintenant, pour moi, tu n'existes plus.

Il se lève, puis s'en va, en s'excusant auprès de Charlie et de Julian. Julian secoue la tête d'un air de désolation.

Non, ce n'est pas ce que j'ai dit ! Je n'ai pas dit que je souhaitais qu'il meure !!

— Il est chirurgien, sauve des vies tous les jours et il n'a pas couché avec elle, m'apprend Julian en désignant la blonde d'un geste de la tête.

— Non, confirme-t-elle, c'était juste une blague !

Ensuite, elle s'esclaffe : *a priori*, pour elle, c'est très drôle.

Une blague ? Mais suis-je la seule normale, ici, à comprendre que ce genre de blague ne fait pas rire du tout ?

Je me lève, puis l'interpelle. Il se retourne et je suis certaine que tous retiennent leur souffle.

— Noël ! Ce n'est pas ce que je pensais… je n'ai jamais dit que je voulais que tu meures ! Je veux savoir pourquoi tu joues comme ça avec moi sans cesse… pourquoi tu sors avec plusieurs femmes.

Ma voix est douce et à peine audible, mais assez pour lui. Il souffle, puis me répond, alors que si j'avais été à sa place, je ne l'aurais pas fait :

— Parce que je veux profiter de la vie, car la vie peut basculer en une seule seconde ; parce que je cherche la femme qu'il me faut pour passer ma vie avec elle et que je ne l'ai pas encore trouvée.

— Ah…

— Et aussi parce que je tentais de rendre jalouse la femme qui me plaît… aujourd'hui.

Mon cœur cesse de battre, mes yeux s'illuminent, car je comprends que cette femme, c'est moi.

— Mais maintenant, elle n'existe plus, conclut-il.

Ensuite, il s'en va et je me rends aux toilettes pour m'y cacher un temps, ne sachant pas quoi faire d'autre.

Chapitre 8

Après l'incident

— Je suis désolée d'avoir gâché votre fête...

Julian me prend dans ses bras et Charlie aussi. Ils sont vraiment très gentils. Car je ne mérite pas cela. Pas après la scène que j'ai jouée tout à l'heure.

— Ce n'est pas grave. Par contre, tu sauras te tenir au mariage, n'est-ce pas ? me demande Charlie, soucieuse.

J'opine du chef et je m'explique.

— Noël et moi, nous sommes partis sur de mauvaises bases. Il m'a tout de même demandé de m'envoyer en l'air avec lui dans l'avion ! leur apprends-je comme si je voulais me disculper.

— Tout le monde fait des erreurs, crois-tu que ce soit facile d'inviter une femme qui te plaît alors que tu ne la connais pas et que ton temps est limité par quelques heures de vol ? me dit Charlie comme une évidence.

— Oui, enfin, ma chérie, l'approche est un peu brutale, tu admettras, commence Julian.

— Je ne vois pas pourquoi ! Ici, au Canada, les femmes prennent les devants et peuvent te harponner dans la rue pour t'inviter à boire un verre et même plus ! Pourquoi pas Noël ? lui répond-elle.

— Peut-être, mais en France, nous sommes des romantiques...

— Nous aussi ! D'ailleurs, lorsque je t'ai accosté, on a couché quand… quatre heures après notre première rencontre ? Et ensuite, tu as décidé de t'installer ici. Tu t'en souviens ? Tu aurais dû prendre l'avion le lendemain !

Julian paraît embarrassé, mais il acquiesce.

— C'est vrai. Ce que je veux te faire comprendre, Charlie, c'est que parfois, il ne suffit que d'un instant pour savoir que c'est la bonne personne. Avec nous, c'était ça.

— Oui, mais avec Noël, on se dispute tout le temps, il m'énerve, je l'agace, il me réénerve et je le réagace…

— Parce que vous vous empêchez mutuellement de vous rencontrer, de vous laisser une chance, intervient Charlie.

— Et entre nous, je t'aime beaucoup, Elyna, mais tu as été vraiment cruelle avec lui tout à l'heure, me réprimande Julian.

Je réalise que c'est vrai et que Noël ne méritait pas ça. Même s'il couche avec des femmes, je ne suis pas sa femme et je n'ai aucun droit sur lui. Et je ne veux pas qu'il disparaisse, ça non !

Oh mon Dieu, mais qu'ai-je fait ?

C'est à cause de mon expérience passée, j'ai tendance à mettre tous les hommes dans le même panier, alors qu'il y en a plusieurs… des paniers.

Et que pour l'heure, il n'y a qu'un homme qui m'intéresse.

— C'est que Noah était ce genre d'homme, à s'envoyer en l'air avec toutes les filles qu'il voyait et… depuis, je suis toujours sur mes gardes.

— Noël n'est pas Noah, laisse-lui une chance, me dit Julian.

Ce qu'il me dit me surprend et je le lui fais savoir.

— Je pensais que j'étais sur ta liste « pas touche », lui demandé-je.

— J'ai supprimé ton nom de cette liste, il n'y reste plus que Charlie, maintenant. Tu as le droit de vivre ta vie, petite sœur, et si c'est avec lui, alors, je n'ai pas mon mot à dire, juste peut-être que si jamais tu t'engages avec lui, il faudra que tu lui fasses confiance. Et qu'il ne t'abandonne pas !
— Il ne veut plus entendre parler de moi.
— Tu sais ce qu'il te reste à faire, me souffle-t-il en me tendant un numéro de téléphone sur un bout de papier. Et n'oublie pas de lui dire que s'il te déçoit comme Noah, je lui casserai sa belle petite gueule d'ange.

Je lui souris avant de les quitter pour me rendre dans ma chambre. Mais, une fois presque à destination, j'hésite quelques secondes avant de la rejoindre. À la place, je décide de coller une oreille sur la porte de sa chambre : elle n'entend aucun bruit. Il n'est pas là et peut-être ne viendra plus du tout cette nuit. Peut-être qu'il couche avec le coup numéro douze...
Résignée, j'entre dans ma chambre, puis me déshabille, me glisse dans mon lit et éteins la lampe de chevet. Demain, nous serons le 24 décembre, le jour du mariage. J'ai des remords, des regrets, des envies... Mon corps se tourne et se retourne dans mon lit, je n'arrive pas à trouver le sommeil. Je ne peux pas assister au mariage si je ne m'excuse pas. Je n'arriverai pas à rester à table à ses côtés, car nous sommes les témoins et donc placés l'un à côté de l'autre. Mes mots étaient trop forts, j'étais sous l'effet de la colère, de la... jalousie... j'étais jalouse ! J'ai toujours été jalouse ! Dès le moment où il a posé le regard sur une autre femme devant moi.
Il me plaît... vraiment.
Mince !

Père Noël, tu as réussi : j'aime ton cadeau...

J'allume la lumière et je compose le numéro de téléphone que Julian m'a donné tout à l'heure, car je sais que c'est celui de Noël.

Une sonnerie...

Deux... rien.

Je raccroche, tente une nouvelle fois. Répète la manœuvre au moins cinq fois. Puis, au moment où je vais déclarer forfait, il décroche enfin. Sans attendre, je lui explique l'objet de mon appel. Il m'écoute et ne raccroche pas.

— Noël, c'est Elyna, je suis désolée pour tout à l'heure, je ne pensais pas les mots que je t'ai dits. J'en suis tellement désolée que j'en ai mal. En réalité, j'étais... j'étais jalouse, je ne supportais pas te voir embrasser une autre femme. C'est si soudain comme sentiment, comme émotion, je ne me suis plus contrôlée. Avec toi, je suis... sur mes gardes, mais désarmée... tu me désarmes, Noël, à chaque fois, et je perds mon *self-control*. Depuis toi... je ne sais pas, c'est sûrement parce que...

— Waouh... me répond-il.

— Quoi ? Je... tu...

— Je n'aurais jamais cru que tu t'excuserais...

— C'est juste que tu me plais, voilà, c'est tout...

Je regrette mon aveu presque immédiatement, parce que je m'ouvre à lui alors que ce n'est qu'un inconnu insolent, odieux et... barbu que je connais à peine.

— ...

Je l'entends prendre une forte inspiration comme s'il était soulagé.

J'ai affreusement peur.

Ma porte s'ouvre et je le vois apparaître.

J'ai encore plus peur maintenant...

Aussitôt, mon corps tremble, car je suis en nuisette, dans mon lit, que mes cuisses se serrent, que mon cœur accélère dangereusement ses battements, que ma salive tarde à descendre le long de ma gorge... *je suis perdue*. Ma respiration se bloque tandis que mon cœur cogne violemment dans ma poitrine. Je souffre d'une envie de lui inassouvie qui maintenant ressemble à une violence insupportable qui me fait sombrer vers cet homme, ce corps ardent qui rayonne dans l'obscurité de cette pièce.

— Tu... c'est ma chambre, ici, lui dis-je d'une voix tremblante.

— Je vois... me répond-il en refermant la porte derrière lui, le téléphone toujours plaqué sur son oreille.

Mon cœur se met à palpiter de plus belle et son regard de prédateur m'achève.

— C'est, ce n'est pas ta chambre, c'est la mienne, en fait... c'est...

— Je sais, continue-t-il en s'approchant de mon lit, tandis que moi, je suis emportée par un tourbillon de désir.

Sa cravate à moitié défaite, dont un côté pend sur sa chemise à moitié ouverte le rend encore plus désirable. Il se penche vers moi et me prend mon téléphone des mains, puis raccroche, m'électrocutant au passage. Il le pose sur ma table de chevet et le sien le rejoint aussitôt. Ils sont l'un sur l'autre...

Mes dents mordillent ma lèvre inférieure.

Il passe sa langue sur ses lèvres comme s'il s'apprêtait à déguster un plat savoureux et cela m'anime davantage.

Je me redresse, retire la couverture à mes pieds, puis je me lève pour me tenir devant lui en levant les yeux vers lui. Nos deux souffles se mêlent. Il plante ses yeux dans les miens et les fige sur moi. Ses yeux étincellent de désir...

Merde, il est incroyablement beau.

Et j'ai terriblement envie de lui.

— Je ne sais pas ce que je fais ici, mais s'il te plaît, force-moi à partir, me demande-t-il alors que le ton de sa voix me dit le contraire.

— Et si moi, je ne veux pas...

Une lueur amusée apparaît dans ses pupilles.

— Alors, ne le fais pas...

— Alors, je ne veux pas que tu partes... lui dis-je dans un murmure.

— Dis-moi ce que tu veux, réponds-moi par oui ou par non, m'ordonne-t-il d'une voix ferme.

Il s'approche encore de moi, tandis que mes muscles deviennent mous, que ma tête tourne.

— Tu veux que je m'approche encore de toi ? se renseigne-t-il.

— Oui, lui réponds-je dans un souffle.

— Tu veux que je te caresse la joue ? chuchote-t-il d'une voix grave et éraillée qui fait trembler mon corps.

— Oui, lui dis-je à voix basse.

Alors sa main se lève, puis elle fait ce que je lui ai demandé.

— J'ai eu envie de toucher ta peau dès que je t'ai vue entrer au bistrot... me confie-t-il.

— Ah oui... ?

— Maintenant, tu veux que je t'embrasse...

— Oui, je veux... que tu me touches avec ta bouche... d'abord...

— J'en ai rêvé tout à l'heure, alors que l'autre idiote m'a pris par surprise… te toucher partout et aller plus loin encore dans mon exploration… poursuivre ce que nous avons commencé…

Pour lui, ce n'était qu'une idiote…

Je prends une profonde inspiration et mes lèvres sourient. Ce qu'il me dit représente pour moi le meilleur médicament du monde.

Alors que mon cœur fait n'importe quoi, que mon souffle n'arrive plus à satisfaire mes poumons, que sa respiration s'accélère, que ses mains viennent se poser sur mes joues, que son corps se presse contre le mien, j'ose une question qui me turlupine.

— Est-ce-que toi et elle, tout à l'heure…

Il lape ma bouche une fois et je frissonne de la tête aux pieds. Ensuite, il confirme ce que je sais déjà, mais que je veux entendre de sa bouche :

— Depuis que je t'ai vue, je n'arrive plus à bander pour une autre femme. Alors, non, je ne l'ai pas fait avec elle ni avec les autres. Et maintenant, je me demande si…

— Oui, je veux m'envoyer en l'air avec toi, même si nous ne sommes pas dans un avion…

— Cette fois-ci, je m'y suis mieux pris, n'est-ce pas ? La drague…

— Oui…

Il sourit, puis notre bulle nous enveloppe. Il plaque sa bouche contre la mienne et cela me donne le vertige et me coupe le souffle encore une fois. Il colle son corps au mien jusqu'à me faire mal. Sa main descend le long de mon corps, qui se consume, et touche à tout ce qu'elle peut, faisant vibrer chaque parcelle de peau dont les poils s'en donnent à cœur joie en se hérissant de plus belle. La température monte de quelques degrés et nous entendons au loin une chorale qui chante un chant de Noël.

Noël...

Chapitre 9

Le *trip* baise

Lorsqu'il est entré par la porte, sa vue, encore dans son smoking noir, chemise déboutonnée en haut de son torse m'a coupé le souffle. Il est plus beau et plus attirant que jamais. Maintenant, alors qu'il se trouve si près de moi, une vague de désir m'envahit dans le bas-ventre et enflamme mon corps en entier. Sa bouche s'est détachée de la mienne, me laissant haletante. Ses magnifiques yeux gris contemplent mes lèvres, que j'humidifie avec ma langue et son corps nu que j'ai aperçu dans la salle de bain l'autre jour revient me hanter, comme un fantôme tenace qui résiste pour ne pas rejoindre l'autre monde. Je brûle d'envie qu'il me possède avec sa bouche, ses mains, son corps. La tension sexuelle est si forte qu'elle devient électrique, tant et si bien qu'elle pourrait à elle seule alimenter en courant toutes les illuminations de Noël de la ville.

Noël s'est dégagé un instant, me laissant dans le brouillard, sensation étrange de flotter dans du coton, dans une quatrième dimension, un monde parallèle…

J'attends un nouveau baiser qui tarde à venir et mon corps frémit d'envie.

C'est un désir dément, inconcevable, irréel, inimaginable et pourtant, je le ressens à cet instant et je sais que pour lui, c'est pareil. Le doux éclairage des illuminations qui ornent l'extérieur de la maison agrémenté par les rayons de la lune nous atteint comme par magie.

— Es-tu au moins consciente d'à quel point tu es canon et désirable ? me souffle-t-il d'une voix rauque qui me transperce.

— Entre tes bras, n'importe quelle femme l'est, lui réponds-je comme dans un songe.

— Dis-moi encore que tu étais jalouse… me supplie-t-il.

— Jalouse ? J'avais envie de lui arracher les yeux pour qu'elle ne puisse plus jamais te voir… j'avais envie de lui couper la langue pour qu'elle ne puisse plus jamais la faire entrer dans ta bouche… J'avais envie de lui casser le nez pour qu'elle ne puisse plus sentir ton odeur et aussi de lui couper les mains pour qu'elle ne puisse plus les enrouler autour de ton corps… terminé-je avec un petit sourire en coin.

Il soupire, sourit et me fait une confidence en retour :

— Aveu pour aveu, j'avais envie de couper son… à l'autre con de tout à l'heure qui voulait t'embrasser. Heureusement, d'ailleurs, que tu n'as pas couché avec un… bref, celui-là, je l'aurais sans doute étranglé.

Son aveu me fait un bien immense. Comment arrive-t-il à faire ça alors que je le connais à peine ?

En réalité, j'ai l'impression de le connaître depuis toujours et cela me donne une sensation bizarre.

— Pour qui as-tu rasé ta barbe ? lui demandé-je à voix basse.

— Tu le sais très bien… me chuchote-t-il d'une voix rauque qui me fait chavirer.

— Finalement, j'aime les barbus, depuis toi…

— Dit-elle depuis que je ne n'ai plus vraiment de barbe… me répond-il d'un ton amusé.

— Tu peux la laisser pousser si tu veux, enfin, il va falloir que t'attendes que ça repousse…

— Arrête de parler, maintenant, tu m'agaces, me dit-il en posant un doigt sur mes lèvres, ce doigt qui trace un trait pour contourner celles-ci et descendre le long de mon cou, provoquant des frissons au passage.

— Alors, je te propose de faire autre chose qui nous convienne mieux à tous les deux… termine-t-il d'une voix sensuelle.

Je retiens ma respiration quand je sens qu'il soulève ma nuisette ; je lève les bras pour l'aider à me faire passer le vêtement par la tête pour me le retirer. Ses yeux gris brûlent de désir lorsqu'ils aperçoivent ma peau nue.

— Es-tu d'accord pour aller plus loin, Ely ?

Ely… je fonds encore plus !

— Tu as encore besoin d'une confirmation ? lui chuchoté-je alors que je m'abandonne totalement dans ses bras et que d'un doigt, j'ose lui caresser ses lèvres.

Un sourire orne sa bouche, sa bouche qui se décide enfin à attraper la mienne pendant que sa main se referme autour d'un sein. Je soupire et ferme les yeux pendant que sa main remonte et glisse le long de mon cou, que sa bouche dévie pour que sa langue puisse suçoter un mamelon. Je rejette ma tête légèrement en arrière et un gémissement rauque s'échappe de ma bouche. Sa langue descend plus bas encore et mon corps est pris d'un long tremblement. Ses mains glissent sur mon ventre, puis se posent sur mes hanches, mon pouls bat fort dans ma gorge. Je m'agrippe à sa tête tandis que ma peau crépite à son contact, que ses caresses dans mon intimité me donnent la chair de poule. Il grogne et moi, je suis dévastée par les sensations qu'il procure à mon corps trop longtemps abandonné.

Son odeur curieuse de chocolat et de cannelle, son souffle chaud qui me caresse, sa langue qui s'active à présent sur mon clitoris me font chavirer dans un autre monde, surtout lorsque des étoiles explosent dans mon corps et que je sais que ce n'est que le début. Ensuite, il abandonne ce qu'il fait pour revenir sur mes lèvres tandis qu'il me prend une main pour la presser sur son énorme érection. Il est *oh mon Dieu* ! J'ai soudain peur qu'il ne soit pas compatible avec mon intimité. Il glisse un doigt en moi, puis deux, puis trois, puis quatre… un cri s'échappe de ma bouche. Ce que je ressens est un délice et j'en veux encore. Ses doigts jouent en moi jusqu'à ce que je jouisse sur eux, lorsqu'un premier orgasme me surprend et que je pousse un grondement si fort que j'ai l'impression qu'il a sursauté. Mais non, il se hâte de descendre la braguette de son pantalon, de le retirer rapidement et complètement, de déboutonner sa chemise, de l'enlever. Je l'admire et je trouve qu'il est encore plus beau que dans mes souvenirs lorsque je l'ai vu dans la salle de bain. À un détail près, son sexe, qui paraît hors catégorie érigé de cette manière. Il enfile un préservatif, s'approche de moi et me soulève pour me déposer sur la commode. Puis, d'un geste viril, il écarte mes jambes et présente son engin à mon intimité. Je suis soudain prise de panique : et s'il était trop « énorme » pour moi ?

— Je… il n'est pas trop… gros ? lui demandé-je, confuse.

— Je vais y aller doucement, le temps que tu t'habitues, d'accord ? me propose-t-il.

Je hoche la tête pour lui donner mon consentement et ensuite, il fait ce qu'il me dit, d'une douceur incroyable, en prenant tout son temps, tandis que ses yeux de prédateur sont rivés aux miens. Noël enfouit son visage dans mon cou et son sexe franchit le seuil de mon vagin et glisse dans mon intérieur lentement, très lentement, plus loin, toujours plus loin en moi.

— Ça va ? me demande-t-il en chemin.

J'acquiesce rapidement, je ne veux pas qu'il s'arrête, je le veux en moi.

— Je t'en prie, ne t'arrête pas, je te veux tout entier en moi.

Alors, il s'exécute, il entre en moi, complètement.

Je soupire de bonheur.

Il happe ma bouche avec la sienne.

Je ferme les yeux.

Il pousse un râle.

Puis mon souffle se cale sur le sien et il commence un lent mouvement de va-et-vient de plus en plus loin. Je me détends et savoure ce qu'il me fait et j'adore ça.

Je pousse un petit cri, ce qui l'encourage à réaliser son mouvement de plus en plus appuyé, de plus en plus rapide… et nos deux corps tremblent ensemble d'envie, de plaisir, d'extase.

Et il s'enfonce en moi en profondeur.

Je pousse un cri et il gémit contre ma bouche.

L'entendre ainsi me stimule encore davantage et mon envie augmente, puis un début d'orgasme augmente en intensité.

Nos respirations sont saccadées.

Et nous perdons la notion du temps, d'où nous sommes, du sens de ce que nous vivons, du sens de ce que nous ferons ensuite de notre relation… de nous.

Nos cris remplissent notre air tandis qu'il vient en moi de plus en plus fort et avec un rythme encore plus rapide.

— Putain, Elyna… c'est tellement bon !

— Noël ! Je crois que je vais… je vais…

Ma phrase est un déclic provoquant un puissant coup de reins.

Et notre plaisir explose.

Et je crie encore plus fort.

Et il grogne encore plus fort.

Et une larme roule sur mes joues.

Et je hume son odeur qui a rejoint la mienne pour n'en faire qu'une.

Et mon plaisir est si fort que je me désintègre contre lui et deviens de la poussière d'étoiles qui se projette dans le ciel d'une manière irréelle, atteint l'étoile Polaire et la percute pour la rendre encore plus belle.

Étourdie par cet orgasme incroyable comme je n'en ai jamais eu de ma vie, je reste dans l'autre monde, encore et toujours… comme si je flottais sur un nuage.

Lorsqu'il se retire, je trouve la sensation de vide désagréable, comme si j'étais terriblement seule, abandonnée sans lui.

Et je déteste ça autant que j'ai adoré tout le reste…

Ensuite, notre monde s'effondre, comme un immeuble qui explose.

Son téléphone sonne, il le consulte et il me quitte sans un regard en arrière comme s'il éprouvait des regrets.

Chapitre 10

Le matin d'après

Ce matin, j'étais heureuse et malheureuse à la fois et ce sentiment double me désespère. Un homme me plaît, mais il n'est pas pour moi. Julian m'a avoué que Noël a l'intention de s'installer définitivement ici, au Québec. Et moi, je vis en France, à Paris, la ville qu'il veut quitter. C'est peut-être pour cela qu'il est parti comme un voleur hier et qu'il m'évite ce matin.

Il faut que je me rende à l'évidence, pour Noël, je n'ai été qu'un *trip* de baise, c'est tout. Et pour moi, c'est autre chose.

Mais quoi ? Tu savais déjà qu'il s'agissait d'une nuit de sexe : il ne t'a rien promis.

Et toi, tu l'as laissé faire, tu étais consentante et tu as aimé.

Mais il m'a appelée Ely…

Cela ne veut rien dire, il était dans son trip *orgasmique, c'est tout.*

Je ne crois plus au père Noël, cette fois, c'est terminé.

Mes yeux se déportent vers mon frère : le bonheur se lit sur son visage tout comme sur celui de sa femme. Je suis très contente pour eux. Moi, je sais que je n'aurai jamais cette chance.

Tout à l'heure, lorsqu'ils ont prononcé leurs vœux, qu'ils se sont dit « oui », les yeux de Noël se sont posés sur les miens pendant quelques secondes pour ensuite me fuir. Cela m'attriste.

Maintenant, nous sommes assis l'un à côté de l'autre à la table des célibataires, comme des parfaits étrangers, et il m'ignore comme s'il ne s'était rien passé entre nous. Cela me fait mal.

Je suis si triste alors que l'ambiance est joviale ! Nous sommes le 24 décembre et c'est Noël… chaque fois que viendra la fête de Noël, je penserai à celui qui porte ce prénom…

À cet instant, je le vois avec une lucidité irrévocable : je n'ai jamais rencontré un homme comme lui et peut-être que ce type de rencontre ne m'arrivera plus jamais.

Est-ce possible de se retrouver dans cet état alors que je le connais à peine et que nous n'avons passé qu'une nuit ensemble ?

A priori, oui.

Pourrais-je devenir la femme qui compte le plus au monde pour lui ?

A priori, non.

Il préfère ouvertement flirter avec sa voisine de droite et cela commence sérieusement à me chauffer. Je les épie et il me semble même que Noël jouit de mon état. Sa face odieuse refait surface puisqu'il a eu de moi ce qu'il voulait.

Ils se lèvent et se dirigent vers la piste de danse, leurs corps se collent l'un à l'autre et ondulent. Elle est accrochée à son cou, la tête sur son épaule.

Mes yeux se ternissent, se mouillent et se noient.

Lui pose sa main sur le creux de ses reins, les yeux rivés sur les miens comme pour me provoquer.

Mes yeux se ferment. Une chaleur mesquine m'envahit et mes dents se serrent, car j'ai envie de me battre avec la fille qui est avec lui. Seulement, je ne ferai pas d'esclandre, il n'est rien pour moi, nous ne sommes personne et je ne gâcherai pas le mariage de Julian. Même si la situation me déchire et devient de plus en plus pénible.

À la place, je porte mon verre de vin à ma bouche, puis épie une nouvelle fois la piste de danse.

Mais je ne les trouve plus. Mon corps se courbe et se fige, comme épris d'une fatigue inattendue.

Un petit vent à mes côtés m'alerte : je sursaute. Julian prend place à mes côtés.

— Ça va ? me demande-t-il en souriant.

Je lui affiche mon meilleur sourire, masquant mes ressentis du moment : de l'amertume, du découragement, une tristesse indescriptible et irréelle.

— Très bien… je suis très heureuse pour toi, c'est un très beau mariage, lui réponds-je, tentant de masquer ma voix qui se voile.

Julian ne se rend pas compte de mon état ou alors il n'en laisse rien paraître. Son regard regarde à gauche puis à droite, sûrement pour chercher Charlie.

— Noël n'est pas encore revenu ? me demande-t-il alors qu'une crampe torture mon estomac.

— Je ne savais pas qu'il était parti, lui réponds-je d'un ton plus sec que je ne l'aurais voulu.

Car je sais qu'en ce moment, Noël fait des choses pas très catholiques avec la fille sangsue.

— Il a raccompagné Jen chez elle, m'apprend-il. Je trouve d'ailleurs qu'il met beaucoup de temps à revenir.

Son plan cul de ce soir...

Mes dents se plantent tellement dans mes gencives que je vais finir par me faire mal. J'aimerais... j'aimerais... je ne sais pas ce que j'aimerais faire à ce rustre, mais je suis furieuse. Parce qu'il couche avec elle alors qu'il a touché ma peau hier soir. Et que selon moi, il me trompe, même si au fond, il ne me doit rien, puisque pour lui, je ne suis personne.

— Dès que tu le vois, pouvez-vous venir tous les deux à notre table ? me demande-t-il.

— D'accord.

Il m'embrasse sur la tempe et va rejoindre Charlie.

J'aurais voulu lui parler de ce que je ressens, mais je n'en ai pas le droit, pas aujourd'hui. Je ne veux pas le préoccuper avec mes états d'âme. Je me ressers du vin. Encore et encore. Je ne devrais pas, mais cela me calme. Et m'évite de penser à l'autre naze qui fait des galipettes avec l'autre dingue chez elle.

Quelques minutes plus tard, Noël revient, un sourire aux lèvres.

Il me nargue. *Il doit être content ! Il vient de gagner son pari débile !*

Il s'arrête et me regarde en haussant les sourcils plusieurs fois.

Je lève les yeux au ciel. J'en ai assez de lui.

Il prend la direction des toilettes et je le suis.

Mais pourquoi je le suis ?

Parce que je vais lui casser sa jolie figure, ou lui couper sa queue, au choix.

Au bout du couloir qui délimite les w.c. hommes de ceux des femmes, je le suis de très près : il s'arrête et se retourne, comme s'il m'avait sentie derrière lui. Je le percute, puis recule d'un pas. Je fulmine, mes yeux lancent des éclairs et ma main se lève pour le gifler, mais il m'arrête en attrapant mon poing.

— Une deuxième gifle ? Qu'ai-je fait pour la mériter, cette fois ? me demande-t-il avec un sourire amusé.

Ma fureur explose et je lui fais une scène.

— Parce que tu m'agaces !

Ses yeux gris deviennent sombres et son sourire tombe. Je sens son souffle proche du mien, ce qui provoque une augmentation de mon pouls.

— Pourquoi me regardais-tu tout le temps, tout à l'heure ? me chuchote-t-il d'un ton doux.

Sa voix me fait vibrer, son souffle me chatouille les narines, le souffle qui sort de sa bouche s'enroule au mien et je l'avale. Ma gorge s'assèche. Je m'apaise.

— Je ne te regardais pas, j'admirais les décors, de l'autre côté…

Il secoue la tête et une lueur amusée apparaît dans ses yeux.

— Tu me regardais, moi non, affirme-t-il.

Je me redresse, croise mes mains sur ma poitrine, lève le menton et l'observe d'un air de défi.

— Ha ! Et comment sais-tu que je te regardais, puisque tu ne me regardais pas ? Qui de nous deux regardait l'autre, à ton avis ?

Il laisse un blanc volontairement et un ange passe. Ensuite, il semble réfléchir pour soupirer avant de me poser une question que je n'attendais pas.

— Qu'est-ce que tu veux, Elyna ?

Tiens, je suis redevenue, Elyna… le salaud.

— Que tu arrêtes de m'énerver à tout bout de champ !

Il soupire, puis passe une main sur son visage.

— Tu es sur la liste « pas touche », je ne peux pas faire ce que je veux.

Sa phrase me déstabilise. Quelle importance, cette liste, puisque nous avons déjà franchi les limites ?! et puis, je ne suis plus sur cette liste !

— Toi, tu es sur ma liste des mecs odieux et... *sexy*...

Je me rends compte que je lui avoue qu'il me plaît *encore* et me rattrape aussitôt.

— Et je ne veux rien venant de toi, Noël !

Il passe une nouvelle fois sa main sur son visage comme s'il était fatigué.

— Alors, pourquoi tu es là ?

Je manque de vaciller et trouve une réponse rapide pour me dédouaner.

— Et toi, qu'est-ce que tu veux, Noël ?

Son corps se rapproche du mien et notre espace vital rétrécit.

— Tu serais choquée de le savoir, me répond-il avec un sourire en coin.

— Tu... tu... m'agaces ! Tellement !

— Par contre, si tu veux, je peux commencer par quelque chose de moins... choquant, quoique nous ayons déjà expérimenté certaines choses, toi et moi...

— Je suis sur ta liste « pas touche ».

— Menteuse... tu sais que ce n'est pas vrai... et puis, nous avons déjà transgressé cette liste, je te rappelle... petite hors-la-loi...

Moi ? Menteuse ? Et lui, alors ?

Le charme est rompu, car quelque chose me revient à l'esprit.

— Pourquoi as-tu couché avec cette Jen ? lui demandé-je avec des trémolos dans la voix.

Il souffle et lève les yeux au ciel, comme si je l'irritais.

— Ce matin, lorsque nous nous sommes croisés devant notre salle de bain commune, tu m'as dit qu'hier soir, je n'ai été que ton *trip* de baise et ce soir, tu me fais une scène ?

Troublée, je rougis : c'est vrai, je lui ai dit ça, mais je ne le pensais pas ! D'ailleurs, je ne m'en souviens presque plus.

— Tu m'as aussi dit que tu ne voulais pas d'une relation stable avec un homme, me rappelle-t-il.

J'opine de la tête, il a raison. Je ne veux plus me perdre et être déçue ensuite, depuis ma rupture avec mon ex. Je refuse de rejouer la même histoire.

J'avais raison, ce matin. Il faut que je me tienne à ma raison de ce matin. Alors, je clos le sujet.

— Ça vaut sans doute mieux que nous en restions à un *one shot*, effectivement.

Il soupire, puis reprend la main.

— Alors, pourquoi tu t'intéresses encore à ce que je fais aujourd'hui ?

Parce que je veux que tu sois uniquement à moi.

— Je... je... c'était plus fort que moi. Une fois à Paris, ce sera plus facile de t'oublier... lui dis-je en guise de réponse.

Il pousse un profond soupir, puis s'approche de moi dangereusement et mon cœur dépasse les limites du raisonnable.

— Es-tu sûre de ne plus vouloir de moi ? De ne pas vouloir essayer quelque chose ensemble ?

Je baisse la tête pour admirer mes pieds, ou plutôt mes chaussures, car je ne sais plus ce que je veux.

Si, tu le sais : tu veux être avec lui. Voir si quelque chose entre vous est possible. Car il trotte dans ta tête et trottera toujours une fois qu'il sera loin de toi. Et tu seras malheureuse, comme tu l'as été lorsque tu as laissé échapper ton ex. Et encore, ton ex n'arrivait pas à la cheville de Noël et surtout, il te plaisait moins : maintenant, tu le sais. Lui te trompait et tu as fermé les yeux longtemps, Noël ne te trompe pas, alors qu'il ne te doit rien.

Mais il faut être réaliste et se rendre à l'évidence : nos chemins se sont croisés le temps d'un mariage, c'est tout. Je relève ma tête pour l'affronter et surtout pour être convaincante.

— Je dois partir pour Paris après-demain, et toi, tu t'installes ici.

Ses yeux ne me quittent pas, s'accrochent aux miens et il recule légèrement.

— Ce n'est pas une excuse, me répond-il.

Je baisse la tête, car je ne peux plus le regarder en face lorsque je lui réponds.

Prise de court par l'émotion de le voir devant moi, si beau, si désirable, ma gorge s'assèche encore plus et mes mains, mes jambes tremblent, mon corps semble perdre le contrôle tout comme j'ai perdu le contrôle de ma vie lorsque je l'ai vu dans cet avion la première fois.

— Ma vie est ailleurs et nous nous connaissons à peine.

Sa bouche s'approche de la mienne et je veux qu'il m'embrasse. Au lieu de cela, il me parle encore.

— C'est tout ce que tu as trouvé comme autre excuse ? Tu n'es pas convaincante.

Quelque chose se brise dans sa voix et je n'ose plus le regarder.

Quelques secondes s'écoulent, puis j'entends ses pas qui s'éloignent de moi. Je me sens mal, car je le rejette alors que j'ai envie de le garder près de moi.

Je redresse ma tête et le suis du regard, puis, lorsqu'il disparaît de ma vue, mon téléphone bipe.

Lorsque je lis le message, mon univers s'effondre.

{Je n'ai pas baisé Jen, son vagin n'est pas compatible. Mais je sais que ce ne sera plus toi. Alors, je finirai par en trouver un autre à ma taille. Moi, je pars ce soir. Tu ne me reverras plus jamais. C'est une promesse.}

Je reste interdite un instant, une boule dans la gorge ne demandant qu'à s'enfuir, mais le nœud est trop serré.

Lorsque je reviens à la fête, Noël se trouve à la table des mariés. Je le rejoins, répondant à l'appel de Julian, qui me fait signe de la main. Nous portons un *toast* aux mariés, puis Noël, ému, prononce un discours à leur attention.

« L'amour est imprévisible, il vous tombe dessus sans prévenir, comme de la neige qui arrive sans que l'on s'y attende. Il peut être destructeur comme une tempête de neige, de glace, qui vous emporte et vous enserre, si vous n'y êtes pas préparé. Mais il peut être magnifique, si les deux amoureux se donnent une chance de s'aimer. Julian et Charlie font partie de ces amoureux qui en un seul regard ont su qu'ils allaient finir leur vie ensemble. Je vous souhaite beaucoup de bonheur et une longue vie ! J'espère que moi aussi, un jour, je trouverai ma Charlie. »

Le nœud dans ma gorge se dénoue et des larmes viennent, ensuite elle se serre si fort que j'arrive à peine à respirer. Ses yeux gris viennent vers moi, s'attardent et me quittent définitivement.

Plus tard, Noël revient, déguisé en père Noël, avec une hotte remplie de cadeaux.
Je fais semblant de partager toute la joie ambiante alors que je suis triste.
Nous ouvrons nos cadeaux et Noël est loin de moi.
Il aurait pu être mon cadeau, mais je n'en ai pas voulu.
Pourtant, il me l'a proposé.
Lorsque je rejoins la table, je découvre un paquet pour moi. Mon cœur s'affole, car il vient de lui. Je l'ouvre et y découvre un petit lutin de Noël avec un petit mot :

« C'est un lutin que j'ai attrapé un mois avant Noël, comme le veut la tradition québécoise (en réalité, je l'ai acheté à l'aéroport, car en France, il n'y en avait pas). Il m'a dit que j'ai été sage, que j'allais recevoir un beau cadeau. Toi. Mais comme tu ne veux pas de moi, je t'offre ce lutin, car il m'a raconté des bêtises. Jamais plus je ne me ridiculiserai en me déguisant en père Noël, car ce déguisement ne change pas les choses. Si je t'ai quittée après t'avoir fait l'amour, c'est parce que j'ai opéré en urgence à l'hôpital de Montréal : il leur manquait un chirurgien et même si ce n'est pas ma spécialité j'étais là pour assister un confrère. Nous avons sauvé deux vies, un couple qui ont eu un accident de voiture, dont l'enfant attendait à la maison avec une nounou. En réalité, tu me plais depuis que Charlie m'a montré ta photo. Je m'y suis mal pris pour t'aborder et je le regrette.

Mais c'est trop tard, je sais que tu ne pourras jamais m'aimer. Adieu. »

Je déteste l'esprit de Noël, cette année.

Je lève la tête, je l'aperçois furtivement, puis il disparaît. Je suis dévastée, car je ne sais pas comment faire pour le retenir. Je sais maintenant que c'est l'homme que j'attendais. Et le pire dans tout ça, c'est que j'aurais pu courir derrière lui, le rattraper, mais qu'après tout ce que je lui ai fait endurer avec mes humeurs, mes colères injustifiées, mes mots tranchants, je préfère m'abstenir.
Car je ne mérite pas un homme pareil.

Père Noël, tu peux l'offrir à quelqu'un d'autre...

Chapitre 11

La promesse

Noël a tenu sa promesse, il est parti. Ce matin, sans faire de bruit, sans que je le remarque. Pourtant, ma nuit a été blanche en raison de mon insomnie et noire en raison de mon désespoir.

Le repas du 25 décembre midi était fantastique, mais il manquait quelqu'un.

Il est seize heures, Julian, Charlie et moi marchons sur la neige qui s'accumule sur le trottoir. Curieusement, la circulation est fluide. Si nous avions été à Paris, toute la ville aurait été bloquée dès l'accumulation d'un centimètre de neige fondue. Nos joues sont rouges, l'esprit de Noël devrait me réchauffer mais mon cœur est froid à chaque fois que je pense à lui, car il me manque. Il me manque atrocement.
Son insolence me manque.
Son odeur me manque.
Son corps me manque.
Ses yeux, sa bouche, ses mains sur moi me manquent.
Sa voix grave et sensuelle me manque.
Et je le connais à peine…
Un frisson me parcourt lorsque je revois en songe notre seule et unique nuit passée ensemble.
Des flocons s'accrochent aux mèches de cheveux qui dépassent de mon bonnet. Julian échange un regard complice

avec moi et me fait un clin d'œil sans que j'en comprenne vraiment le sens. Je suis glacée, et pourtant, je crois que je pourrais vivre ici, même en hiver.

Nous nous arrêtons un instant devant la cabane du père Noël et mon cœur s'affole en imaginant que le mystérieux bonhomme vêtu de rouge puisse être lui. Sa barbe me rappelle mon barbu, inévitablement, et cela me rend triste, une nouvelle fois.

Nos pas nous amènent dans un café dans lequel nous entrons et savourons la vague d'air chaud qui nous enveloppe. Julian repère une table de quatre et cela me ramène encore et toujours à lui, car nous sommes trois et qu'il y aura une chaise vide. Sur la table trône un lutin et je repense à son cadeau : un lutin qui est toujours dans ma poche depuis qu'il me l'a offert. Charlie m'explique que ce personnage est très perturbateur et insolent. Ce qui ne m'aide pas à me détacher de Noël, encore et toujours.

Le café est à l'image du reste de Montréal et de la maison de Charlie et Julian : décoré de boules, guirlandes, casse-noisettes, de lutins et d'un grand sapin. L'odeur de cannelle et de chocolat chaud me rappelle celle de Noël.

En cet instant, je me demande comment je vais faire sans lui, toute une vie. C'est invraisemblable, il y a seulement huit jours, je ne connaissais pas son existence. Noah, ce n'était rien, car jamais je n'ai ressenti ce que je ressens pour l'inconnu de l'avion.

Pourtant, il le faudra bien.
Avec le temps tout passe.

Charlie nous quitte un instant pour se rendre aux toilettes et Julian en profite pour me parler.

— Tu sais, je n'ai plus peur, car maintenant, je suis avec la bonne personne. Toi non plus, tu ne devrais pas avoir peur de tes sentiments, commence-t-il.

— Je ne vois pas de quoi tu parles, Julian, mens-je.

— Je te connais, Ely, je sais pourquoi tu es dans cet état depuis que Noël est parti. Et je le sais depuis l'enterrement de vie de jeune fille.

— De quel état tu parles ? Je vais très bien.

— Tu ne vas pas bien.

Je soupire : il a raison.

— Tu es amoureuse de lui, Ely, j'espère que tu t'en rendras compte avant qu'il ne tombe amoureux de quelqu'un d'autre.

Sa phrase me frappe de plein fouet.

— C'est si soudain, comment ai-je pu tomber amoureuse de quelqu'un si vite ? lui demandé-je.

— Tu oublies que tu poses la question à quelqu'un qui est tombé amoureux en une seconde de celle qui est sa femme aujourd'hui.

Je souris et lui aussi.

— Et si ce n'était qu'une passade pour moi ? m'enquis-je.

Mon frère incline la tête et la secoue en faisant la moue.

— Je te le répète, Ely : tu es amoureuse de lui, Ely, j'espère que tu t'en rendras compte avant qu'il ne tombe amoureux de quelqu'un d'autre.

— Et si jamais il n'éprouve pas les mêmes sentiments à mon égard ? lui demandé-je, le cœur battant, pour qu'il me confirme une nouvelle fois que Noël ressent la même chose que moi.

Julian me pointe du doigt avant de reprendre la parole.

— Tu n'as pas bien écouté la fin de ma phrase : « avant qu'il ne tombe amoureux de quelqu'un d'autre ».

— Le dernier homme de ma vie m'a déçue, je l'ai quitté et...

— Il n'y a aucune garantie en amour, mais ça vaut la peine d'essayer lorsqu'il se présente.

Il a raison, mais je crois que pour Noël et moi, c'est trop tard.

Père Noël, et si j'osais te redemander... mon cadeau ?

Chapitre 12

Noël et moi

Lorsque nous sortons du café, il fait encore plus froid que tout à l'heure, la nuit commence à tomber et les illuminations de Noël scintillent et embellissent la ville. Une chorale se tient sur une place que nous traversons et nous nous arrêtons un instant pour écouter le chant de Noël qu'ils interprètent.

Charlie et Julian commencent à entonner la chanson avec les chœurs.

Si seulement je pouvais rester ici ! Si seulement je pouvais lui dire au revoir juste une fois !

Si seulement une tempête de neige pouvait paralyser l'aéroport pour que je n'aie plus idée de repartir à Paris !

Si seulement je pouvais lui dire que je veux tenter une histoire avec lui !

Au moment où la chorale s'arrête de chanter, au moment où Julian et Charlie s'embrassent, au moment où une odeur de chocolat chaud parvient jusqu'à mes narines, au moment où une impulsion me fait sortir mon téléphone portable pour appeler Noël, une voix grave m'interpelle.

— Elyna !

Ce son... cette voix... non, ce n'est pas possible.

Et pourtant...

Je me retourne lentement, le cœur battant dans mes tempes. Des cris de joie d'enfants jaillissent, la chorale poursuit avec une nouvelle chanson, une bourrasque fouette mon visage... Et puis... je vois Noël déguisé en père Noël. Je le reconnais immédiatement, malgré le costume en dessous duquel il se cache. Alors, mon souffle devient court, mes jambes tremblent d'émotion, mon corps chavire vers lui...

Et tout disparaît autour de moi.

Sauf lui.

Il s'approche de moi, saisit les deux pans de mon foulard, qui entoure mon cou sans être noué, pour m'attirer doucement vers lui.
— Je suis désolé, je n'ai pas su tenir ma promesse, de partir loin de toi.
Je lui assène un petit coup sur son torse avec mon poing, puis hausse une épaule en souriant timidement.
— Je croyais que jamais plus tu ne te ridiculiserais avec ce déguisement en public. Et je m'excuse pour tout ce que je t'ai dit que je ne pensais pas, pour tout ce que je t'ai fait subir alors que je ne le voulais pas.
— Tu sais que tu es complètement tarée, toi ? me souffle-t-il d'une voix rauque.
— Tu sais que tu es complètement cinglé de revenir vers moi, toi ? lui réponds-je sur le même ton.
— Je sais.
— Je suis souvent explosive...
— Je sais.

— Un peu sur les nerfs pendant cette période de Noël parce que mes parents ne sont plus là et...

— Je sais...

Sa voix me réchauffe et me liquéfie, comme un bonhomme de neige au soleil.

— Tu sais que moi, je n'arrête pas de te provoquer... que je suis insolent... que j'ai envie de me faire pousser la barbe parce que j'ai froid et... commence-t-il.

— Je sais... et je te préviens, je suis complètement timbrée, Noël... et je monte très vite dans les tours si jamais tu as l'audace de regarder une autre femme que moi...

— Je sais et je m'en fous... parce que je te calmerai sur l'oreiller...

Il rit, je ris et une larme roule sur mes joues, car il est venu vers moi, pour moi, accomplir mon souhait de me dire au revoir comme un miracle de Noël. Sauf que maintenant, je ne veux plus et ne le laisserai plus partir loin de moi.

Son rire disparaît ensuite pour céder sa place à un regard plus sérieux.

Il lâche les pans de mon foulard et prend mes mains dans les siennes, provoquant une décharge électrique malgré nos moufles. Nos bouches ne se tiennent plus qu'à quelques centimètres l'une de l'autre. Son souffle tiède pénètre à l'intérieur de moi malgré le froid et son odeur m'envahit comme une sucrerie dont j'avais envie depuis que je ne l'ai plus respirée.

Il prend mon visage entre ses moufles puis, avant de m'embrasser, prononce une phrase exquise que je savoure pleinement :

— Maintenant, on arrête les conneries. Je pars avec toi à Paris, puisque tu ne veux pas rester à Montréal. J'appellerai la Pitié-Salpêtrière pour leur annoncer que je reviens et celui de Montréal pour leur dire que je ne ferai que les trois jours cette semaine. Je veux qu'on essaye tous les deux et c'est la seule façon pour pouvoir être ensemble. Je te veux, toi. Je pense que je t'ai voulue dès que tes yeux ont dévoré les miens dans l'avion. À ce moment-là, j'ai pensé que tu étais inaccessible. J'ai adoré ta gifle lorsque tu m'as remis à ma place, ça m'a fait penser que je devais m'améliorer pour courtiser une femme. Ce matin, je me suis rappelé mon discours au mariage de Julian et Charlie : j'ai su que moi aussi, j'ai trouvé la bonne personne. Et c'est toi.

Des larmes s'invitent une nouvelle fois et roulent sur mes joues en feu. Alors, il m'embrasse sans attendre ma réponse, comme si pour lui, c'était évident. Il me procure un baiser délicat, tendre, puis fougueux, qui signifie à quel point il me désire dans sa vie. Lorsqu'il se dégage, haletant, nos deux fronts se posent l'un sur l'autre et se réchauffent.

— Depuis que tu es parti, imaginer que tu disparaisses totalement de ma vie m'a été insupportable et inimaginable. Moi aussi, j'ai trouvé la bonne personne. Et c'est toi, Noël. Tu es mon cadeau, cette année. Celui que j'ai demandé au père Noël…

Il s'écarte.

Ses yeux brillent.

Je respire profondément.

Il déglutit.

Et il me pose une question :

— Je t'aime, Ely. Et toi, tu m'aimes ?

Et moi, je lui réponds sans aucune hésitation.

— Je t'aime, Noël.

Il m'attire vers lui et me serre fort dans ses bras, pendant qu'autour de nous, des gens applaudissent, que des flocons tombent, qu'une chanson résonne au loin, que Julian et Charlie poussent des cris de joie et qu'un petit garçon dit à sa mère que le père Noël a une fiancée.

Alors, nous rions aux larmes.

— J'ai loupé quoi au déjeuner ? me demande-t-il en m'enlaçant par la taille.

— En apéro fromage et en entrée des saucisses, puis de la volaille avec la purée de pommes de terre au coulis de canneberge, ensuite un *pudding* avec des raisins secs et des noix. Je suis désolée que tu ne sois pas venu à cause de moi.

— Il n'y avait pas de Christmas crackers ? me demande-t-il.

— Non, de quoi s'agit-il ?

— Avant de commencer le repas, la tradition veut que tous les convives ouvrent leur Christmas cracker. Des espèces de grosses papillotes qui contiennent un cadeau symbolique à l'intérieur et une couronne en papier que nous devons porter pendant tout le repas. Chacun prend une poignée et tire dessus jusqu'à ce que la papillote craque !

— C'est toi qui devais les apporter, Noël ! s'écrie Julian sur le ton de l'ironie.

— C'est vrai, c'est moi. Alors, on remet ça demain ? nous propose-t-il.

— Oui !!! s'écrient Julian et Charlie.

Et moi, je l'attire contre moi et prends l'initiative de l'embrasser jusqu'à ce que nous manquions de souffle.

— J'adore lorsque tu prends des décisions comme celle-ci, me chuchote-t-il à l'oreille.

— D'accord. Alors, ce soir, je te veux nu, dans la salle de bain et c'est moi qui choisirai le menu, lui réponds-je.

Une lueur de désir s'empare de ses yeux et il me répond avec un sourire.

— D'accord, je serai au rendez-vous, mais demain, je suis de garde ce soir, enfin dans deux heures.

— Demain d'accord. Et après l'amour que fera-t-on ?

— Je dormirai dans ton lit, mais je te préviens, c'est à tes risques et périls, me dit-il d'un ton rempli de sous-entendus.

— Et ensuite ?

— On recommencera…

— Et après ce que l'on recommencera ? Tu ne me proposes pas de découvrir ton pays ?

Son sourire s'élargit et il est sublime.

— Après demain, je te propose une virée en traîneau à chiens.

— Non, je n'aime pas qu'on utilise les animaux pour…

— En raquettes à neige ?

— Fait trop froid…

— Pêche sur glace ?

— Je ne sais pas pêcher en temps normal, alors sur glace !

— Motoneige ? Serrée contre moi…

— D'accord, lui dis-je avec un clin d'œil.

Il incline la tête et prend son air de canaille.

— Tu ne le sais pas encore, mais tu vas m'épouser.

L'émotion me transporte et j'entends battre mon cœur à l'unisson avec le sien.

— Est-ce ta façon de me demander en mariage ? lui demandé-je.

— Peut-être…

— Tu ne le sais pas encore, mais ce sera dans un an, ici, à Montréal…

Il paraît désarçonné pendant un instant comme s'il ne croyait pas ce que je suis en train de lui dire. Il faut dire que moi-même, j'ai du mal à me croire !

— Est-ce ta façon de me dire oui ? me demande-t-il.

— Tu le sais très bien…

— Dis-le-moi encore… me chuchote-t-il en s'approchant très près de moi.

— Oui, je veux t'épouser dans un an… répété-je d'une voix portée par l'émotion.

— Tu sais que tu es complètement timbrée de me dire oui ? On ne se connaît finalement pas trop…

— Je sais. Mais toi, tu ne sais pas à quoi tu t'engages… car, le timbré, c'est toi… je suis peut-être une psychopathe…

— Je sais, et tu m'emmerdes…

— Toi aussi, tu m'emmerdes…

— Il va falloir que je te fasse taire… parce que tu m'agaces terriblement…

— Qu'est-ce que tu attends, si je t'agace… ?

Nos lèvres fondent l'une sur l'autre, se soudent et se réchauffent tandis que nous nous emportons dans un tourbillon de bonheur.

Merci pour ton cadeau, père Noël…

Chapitre 13

La surprise

Une fois à la maison, nous décidons d'arroser nos retrouvailles. Noël a enroulé son bras autour de ma taille et je me colle au plus près possible de lui. Je suis si bien que cela me paraît trop beau pour être vrai ! C'est comme si je le connaissais depuis si longtemps !

— J'ai envie de toi… me souffle-t-il à l'oreille alors que mon corps s'embrase.

Charlie arrive avec des chocolats chauds et des gaufres.

— La vie est vraiment bizarre, votre rencontre, et puis tout ça ! s'exclame Julian. Dans tous les cas, je suis si content pour vous deux ! Qui l'aurait cru !

— Oui, c'est vrai ! Dire que notre première rencontre, c'était dans un avion alors que je venais de demander un homme comme cadeau au père Noël ! intervins-je.

— Et c'était moi ! chuchote Noël en me ramenant encore un peu plus vers lui, dans ce canapé qui s'enfonce sous notre poids.

Ce canapé qui pourrait grincer sous nos ébats…

— Oui, c'est vrai ! C'était une idée géniale de réserver deux places côte à côte ! Vous avez pu faire connaissance dans l'avion, s'exclame Charlie.

Je me fige soudain.

— Quoi ? Qu'est-ce-que… ? bafouillé-je sous l'effet de la surprise.

Noël desserre son étreinte, comme s'il avait quelque chose à se reprocher et soudain, mon ventre se contracte, mon sang me monte au visage, car je comprends.

— Tu veux dire que notre rencontre n'était pas le fruit du hasard ? demandé-je en fixant Noël dans les yeux, un Noël qui baisse le regard pour éviter d'affronter le mien.

— Charlie ? demande Julian. Tu peux m'expliquer ? ON avait dit qu'on n'interviendrait pas ! s'énerve-t-il.

J'avoue que là, tout me dépasse.

— Julian, qu'est-ce qu'il se passe ? Vous vouliez me maquer avec lui ? Vous m'avez forcé la main ?

Charlie bafouille et rougit jusqu'aux oreilles, consciente qu'elle a gaffé.

— C'est moi qu'il faut blâmer, je voulais juste vous donner un petit coup de pouce. De toute façon, où est le problème puisque vous vous aimez ? Vous allez même vous marier ! Et Noël était tellement content de te rencontrer d'abord dans l'avion !

Silence de mort.

Je me lève d'un bond, mon cœur se brise une nouvelle fois. Cet homme ne fait qu'engendrer des dégâts dans ma vie, il m'a menti et je ne peux pas accepter le mensonge. J'en ai déjà souffert avec Noah. Je ne veux pas risquer une nouvelle histoire basée sur un canular.

— Je ne peux pas aimer un menteur, craché-je, le cœur battant à tout rompre, consciente de mes mots cruels.

— Ely, je… commence Noël.

Sa voix est triste, ses yeux s'éteignent.

Ma voix est triste, mes yeux s'éteignent.

— Il n'y a pas d'Ely ! Pourquoi tu ne m'as pas dévoilé ton identité dans l'avion ? Charlie nous a payé des billets avec des places côte à côte, OK, mais toi, tu le savais et tu ne m'as rien dit. Tu m'as menti délibérément !

Il se lève à son tour, puis passe une main nerveuse sur son visage avant de me répondre.

— Tu n'as jamais fait d'erreur, toi ? m'accuse-t-il.

— Non, mais je rêve ! N'inverse pas les rôles !

— D'accord. Je suis fautif. J'assume. Je t'ai menti. Parce que tu m'aurais rejeté d'emblée. Julian m'a dit que tu étais inabordable, un cœur pas disponible depuis l'histoire avec ton ex, et je te précise qu'il ne m'a rien raconté du tout de ce qu'il s'est passé avec ce connard de Noah qui t'a fait du mal. Alors, j'ai préféré te provoquer, car je ne savais pas comment m'y prendre. Une manière d'aborder la femme qui me plaisait par le jeu. Séduire une femme n'est pas si simple, surtout lorsqu'elle te plaît.

— Comment ça, je te plaisais déjà ?

— Je suis tombé amoureux de ta photo, celle que j'ai vue dans le salon, ici. J'ai dit à ton frère : cette femme, il me la faut. Ça, je te l'ai déjà dit.

— Parce que tu crois qu'il suffit de dire qu'il te faut quelqu'un pour l'avoir !

— Julian m'a dit : c'est ma sœur et c'est pas touche.

— Ça ne t'a pas arrêté, dans l'avion !

— Parce que lorsque je t'ai vue en vrai, tu m'as rendu fou de toi.

— Je vais te dire ce qui s'est passé : tu m'as séduite dans l'avion pour que j'écarte les jambes pour toi et le pire, c'est que tu as réussi. Tu n'es qu'un connard !

Ses yeux gris deviennent métal et me tranchent sur place. Je me lève et mon corps, qui se détachait petit à petit du sien, le fait définitivement. Il prend sa veste et part.

Mes yeux se remplissent de larmes. Julian m'ouvre ses bras et je m'y réfugie. Charlie nous laisse entre nous en s'excusant.

— C'est grave ? me demande-t-il alors que je m'écarte.

— Très grave, parce que je l'aime et qu'il est parti…

— Il faudrait savoir ce que tu veux, petite sœur…

— Je n'aime pas les mensonges Julian, et j'ai peur qu'il…

— Il ne s'appelle pas Noah et entre nous, tu crois sincèrement que ç'a vraiment de l'importance ? Attention, je ne dis pas que Charlie a eu raison de vous placer côte à côte, et je n'excuse pas pour autant Noël, mais je le comprends. Si j'avais été à sa place, peut-être que j'aurais joué le jeu et tu sais, Ely, ton cœur s'est fermé depuis si longtemps ! Tu sais qu'il n'était pas prêt à accueillir le bonheur.

— J'avais demandé un homme comme cadeau au père Noël même si c'est idiot, mais je crois que c'est parce qu'au fond de moi, je ne savais pas comment donner une chance à un homme… tu sais, j'ai eu au moins cinq prétendants et tu as raison, j'ai été une peste avec eux…

— Et Noël est arrivé.

— Avec son impertinence…

— Son humour…

— Et son magnétisme… j'ai tout gâché…

— Tout va s'arranger, je sais que vous vous aimez et pour moi, c'est le principal. Il faut donner du temps au temps…

— Combien de temps dois-je lui laisser ? Il est furieux… il m'a ensorcelée… je suis dingue, je voulais un mec gentil, doux comme un agneau, et résultat, je veux un homme qui me fasse vibrer, qui me fasse l'amour comme une bête, qui me pousse hors de mes gonds... oh, excuse-moi...

Je rougis en me rendant compte que j'ai évoqué l'amour avec Noël...

— Tu me choques, petite sœur, mais ne m'explique surtout pas ce que vous avez fait...

— J'ai tout gâché pour des bêtises, c'est débile et je vais le perdre.

— Faire des bêtises n'est pas important. Ce qui l'est, par contre, c'est la façon dont tu vas les gérer. Si tu veux, je t'aide. Je peux dire à Charlie de casser son contrat avec l'hôpital de Montréal.

— Tu es fou ? lui dis-je alors que franchement, j'aimerais bien qu'elle le fasse.

— Et bien sûr, ce sera notre secret, même lorsqu'il retombera dans tes bras...

— Tu es fou, je n'aime pas mentir...

— C'est pour la bonne cause...

— Si c'est pour la bonne cause, alors...

Il m'embrasse sur le front, puis reprend la parole :

— Je suis content pour toi, tu as enfin trouvé l'homme qu'il te faut.

— Sauf qu'il ne veut plus de moi...

— Tu rigoles ? Il est accro à toi et à ta peau... beurk, je n'ose même pas imaginer ce que vous avez fait dans ta chambre, me dit-il avec une moue, juste au moment où mon téléphone sonne, me faisant sursauter.

— Va répondre, c'est lui, m'affirme-t-il avec un clin d'œil.

— Quoi ?

— Qui d'autre t'appellerait à cette heure ?

Avec espoir, je me détache de Julian pour aller décrocher.

Chapitre 14

Rien que toi

— Ely, je t'en prie, ne raccroche pas, c'est trop bête ! Je vais te poser une question.
— Noël ? Ne raccroche pas… toi.
Je l'entends soupirer avant de reprendre la parole.
— Je t'aime plus que ma vie, à un point que tu n'imagines même pas. Je ne peux plus m'imaginer vivre sans toi, ne plus te voir chaque jour.
— Ce n'est pas une question, ça…
— Ely… est-ce que tu m'aimes ?
— Oh, Noël, j'avais peur que tu m'échappes…
— Ça veut dire quoi, Ely ?
— Ça veut dire que je suis dingue de toi, enfoiré !
— Alors, ne perdons pas de temps avec des conneries.
Un bruit de serrure me fait sursauter et mon cœur me fait mal au moment où je le vois entrer dans la maison. Je me retiens pour ne pas courir vers lui.
Il n'est pas parti !
— Il suffit que tu rentres dans une pièce pour que ma journée s'illumine, m'avoue-t-il, et tout à l'heure, j'ai cru que le monde s'écroulait.
Je secoue ma tête et pince mes lèvres pour ne pas pleurer.
— Je suis désolée.
Il avance d'un pas.
Ma bouche devient un puits sans eau.

— La vie est injuste et courte, il faut profiter de chaque instant comme si c'était le dernier. Le jour où on s'est rencontrés, j'ai perdu un patient sur ma table d'opération et lorsque l'homme devant moi s'est effondré alors que j'attendais pour embarquer, je me suis dit que la vie n'était que la mort. Lorsque j'ai su que je l'avais sauvé, je me suis dit que l'idée tordue de Charlie pour que je t'aborde, c'était une chance avec toi. Car c'était la vie.

— Attends, c'est l'idée de Charlie ?

Il avance de deux pas.

Mon cœur ne bat plus en rythme.

— Cette femme est complètement timbrée, comme moi, mais comme c'est la façon dont elle a abordé ton frère, elle y a vu un truc génétique. Je me suis dit bêtement que je devais essayer, mais j'avoue que j'y suis allé un peu fort, mais je ne regrette rien. J'ai voulu te dire qui j'étais à l'atterrissage, mais tu as déchiré ma carte de visite.

— Tu… je croyais que tu…

Il avance encore et encore vers moi.

Mes pieds se mettent en marche, vers lui.

— Je voulais que tu découvres mon nom, comme ça, je me serais excusé, mais je sais aujourd'hui que tu ne m'aurais laissé aucune chance. Donc, tu as eu raison de ne pas l'accepter, même si te voir la détruire m'a planté un couteau en pleine poitrine…

— Je voulais un homme pour Noël et je t'ai eu toi. Dans l'avion, j'ai eu envie de toi et je n'ai jamais eu envie d'un homme comme ça avant… Ça tient toujours, toi nu dans la salle de bain… et que je fasse de toi ce que je veux ?

Il avance toujours et toujours vers moi.

Nos souffles tentent de s'empoigner et mon cœur dérape.
— J'aimerais bien, mais je dois y aller, j'ai mes trois jours à faire à l'hôpital et je suis de garde. Mais je ne voulais pas partir sans être certain d'être pardonné.
— Et… après ?
— Je te l'ai déjà dit, je repars avec toi à Paris, que tu le veuilles ou non.
— Tu sais comment me mettre au pied du mur, Noël…
La chaleur de son corps m'atteint et m'enroule.
Nos deux cœurs battent à l'unisson.
— Tu sais, la patiente que j'ai perdue m'avait supplié de l'opérer alors que l'intervention était très risquée, mais elle m'a convaincu lorsqu'elle m'a avoué qu'elle voulait vivre encore un peu pour être avec l'homme qu'elle venait de rencontrer le temps qui lui restait à vivre sur Terre. Et je l'ai opérée, je lui ai rallongé la vie, elle s'est mariée. C'était il y a deux ans. À Noël. Malheureusement, la deuxième opération n'a pas marché, j'aurais voulu qu'elle vive encore plus. Son pronostic était d'un an et elle a profité de deux ans de bonheur.
Il a raison, pourquoi se prendre la tête avec des idioties qui n'ont aucune espèce d'importance ? Un éclair envahit mon estomac alors que je pense à ma prochaine question.
— Et nous, quel est notre pronostic si nous décidions de ne pas perdre de temps ?
Noël n'est plus qu'à quelques centimètres de moi et pose un genou à terre.
Mes yeux se dilatent, il va refaire sa demande ?
— Elyna, veux-tu m'épouser la semaine prochaine à Las Vegas ?
— À… Las Vegas ?

Si vite, père Noël ? Je ne t'ai pas demandé d'être mariée cette année, si ?

— Tu... Noël... je...

— Un oui me suffit. Mais attention, sache que tu ne me quitteras que lorsque tu partiras les pieds devant !

— Alors, c'est oui ! réponds-je sans hésitation.

Il se relève, me soulève et me fait tourner avant de me serrer dans ses bras, puis de me reposer sur le sol.

— Noël, du coup, on est réconciliés ?

— Je crois...

— Et tu dois vraiment partir ?

— Oui, des patients m'attendent, mais demain, gare à toi...

Il réduit l'espace entre nous, puis sa bouche s'écrase sur la mienne pour un baiser qui nous laisse à bout de souffle.

Père Noël, je te félicite, mission accomplie ! Avec moi, cela n'a pas été facile !

Chapitre 15

Rebelle

Julian a accédé à ma folie et me dépose devant l'hôpital où travaille Noël. Lorsque je pose un pied sur la neige, le froid s'engouffre sous mon manteau.
Je suis complètement givrée, au sens propre comme au figuré !
Mon frère me salue d'une main, puis j'entre dans l'établissement sans tarder. Je trouve l'accueil sans problème.

— Bonjour, je rends visite à Noël Leclerc, s'il vous plaît.

L'hôtesse de l'hôpital qui m'accueille me détaille de haut en bas et il y a de quoi : je suis en manteau (rien d'anormal, sauf qu'il est rouge), un bonnet sur la tête (de mère Noël), des bottes aux pieds (là non plus) et les jambes nues (et pas seulement) par un froid glacial (irresponsable !), brûlante de désir (très amoureuse !)
— Docteur Leclerc ? me demande-t-elle en plissant les yeux.
— Oui.
— Qui êtes-vous ?
— Sa fiancée.
— Oh… c'est que vous avez un petit accent étranger…
— Je suis française.
— Oh… je ne savais pas qu'il était fiancé. Il a tellement d'admiratrices depuis qu'il a accepté ce poste ici ! Je croyais qu'il…

Elle paraît déçue et moi, une pointe de jalousie me pique.

— Trop tard ! Il est à moi ! répété-je pour qu'elle comprenne bien qui je suis pour lui en la foudroyant du regard.

Vraiment, il faudra que je me calme !

Sur l'oreiller avec lui...

Un frisson me parcourt à cette idée.

Elle sourit, puis me propose de m'accompagner.

— Je vous accompagne, je suppose qu'il sera content de vous voir. Il s'apprête à prendre sa pause, il est de garde toute la nuit ! C'est tellement dommage qu'il reparte en France ! Enfin, pour l'hôpital, bien entendu.

Bien entendu ! Pétasse !

Elle s'arrête et je vérifie qu'il s'agit bien du bureau où se trouve mon fiancé.

Mon fiancé !

J'ai envie de sauter comme une puce tellement je suis heureuse !

— Oui, c'est bien ici, me confirme-t-elle.

— Vous pouvez me laisser ? Je veux lui faire une surprise.

Elle me regarde, interdite, un instant, puis ses lèvres s'étirent d'un sourire malicieux.

— OK, je ferai attention à ce que personne ne vous dérange, me dit-elle avec un clin d'œil.

— Merci, lui réponds-je en rougissant.

Je me recoiffe machinalement en passant une main fébrile dans mes cheveux et j'ouvre doucement la porte de son bureau.

Je n'arrive pas à croire que c'est moi qui vais faire ça...

Père Noël, tu peux nous laisser, maintenant, c'est trop intime pour toi !

Noël ne m'entend pas tout de suite, il est concentré sur un document : la finalisation du dossier du dernier patient, je suppose.

Lorsqu'il m'apparaît en blouse blanche, il me semble plus sérieux, différent, professionnel. Et je n'en ai pas l'habitude.

Pourtant, c'est lui.

Et je m'y habituerai très facilement !

Je ferme la porte, qui émet un bruit sourd.

Il lève les yeux sur moi, plisse le front et les yeux : il paraît un instant dérouté, comme s'il ne s'attendait pas à me voir ici. Ensuite, il sourit, alors je n'hésite plus, je m'approche de lui, un sourire machiavélique sur mes lèvres.

— Qu'est-ce que tu fais ici, je t'ai dit que je travaillais… commence-t-il d'une voix rauque.

— Je te provoque… lui réponds-je alors que je poursuis ma route jusqu'à son bureau.

— Ah oui ? Tu mérites une…

Son ton est si sensuel que j'ai envie de me déshabiller tout de suite devant lui, ou alors qu'il m'arrache ce manteau et qu'il me fasse grimper au rideau.

Eh oui, c'est bien moi qui ai dit ça, père Noël !

— Gifle ? proposé-je en faisant une moue en m'arrêtant à sa droite.

— Oh non… une belle fessée… me répond-il.

— Tu crois ? susurré-je.

— J'en suis sûr…

Je lui caresse les cheveux, puis la joue droite et je sens un frisson parcourir son corps.

Et j'adore le pouvoir que j'ai sur lui.

— Tu ne le sais pas encore, mais on va s'envoyer en l'air ici... lui déclaré-je effrontément.
— Certainement pas, c'est un hôpital et j'ai une réputation à tenir... me répond-il en faisant les gros yeux.
— Oh que si ! Car je ne te laisse pas le choix, lui réponds-je en m'avançant au plus près de lui, je ne peux pas attendre demain...

Il lâche son stylo et porte toute son attention sur moi. J'en profite pour saisir ma petite culotte dans ma poche et la lui glisser dans la main. Il déglutit, la met dans la poche de sa blouse avant de me faire un reproche qui sonne comme une invitation.

— Ça ne va pas ?

Je pose mon index sur ma bouche pour faire mine de réfléchir.

Je suis vilaine, très vilaine, moi !

— Très bien... Hum... réflexion faite, non, je me sens un peu fiévreuse... et mon cœur fait des sauts bizarres, juste là... lui dis-je en déboutonnant les premiers boutons de mon manteau d'une main tout en saisissant la sienne de l'autre pour la poser sur ma poitrine.

— Ely, arrête, je bande et ici, on ne peut pas... me supplie-t-il.

J'adore l'effet que j'ai sur lui, les admiratrices n'ont qu'à aller se faire voir...

— Je suis nue en dessous de mon manteau... à défaut de blouse... lui apprends-je alors qu'il se lève et que j'avale son souffle tiède.

Il me gronde.

Et j'adore ça.

— Tu es dingue ou quoi ? Tu risques une pneumonie...

Je mime un frisson et pousse un râle, il soupire et produit un grognement érotique qui m'achève.

— Tu as raison, je commence à ressentir des frissons et je suis trempée... là où tu sais, lui dis-je en montrant mon intimité d'un doigt.

Son sourire s'illumine et devient radieux.

— Putain, Ely, j'adore quand tu me provoques, tu es meilleure que moi à ce jeu-là...

— Alors, docteur Leclerc, qu'attendez-vous pour m'emmener dans votre salle de consultation ?

Il reboutonne mon manteau, puis me prend par la main.

— Quitte à braver l'interdit, faisons-le dans ma chambre de repos, là où je dors pendant mes gardes... viens !

— J'adore l'idée...

— Tu es complètement givrée, me dit-il en refermant la porte de la salle en question et en déboutonnant mon vêtement aussitôt.

— C'est parce que je suis actuellement dans un pays très froid...

— Il ne fait pas toujours froid ici, tu sens, je brûle, me dit-il alors qu'il cale son sexe contre mon ventre.

— Oh... tu n'as rien sous ta blouse ? Mais comment ai-je fait pour ne pas remarquer que tu ne portes pas de pantalon ?

— C'est ta faute petite dévergondée...

Ensuite, nos répliques sont rapides, haletantes, excitantes, ironiques, et agaçantes.

— Tu savais que je viendrais, c'est Julian qui te l'a appris. Quel traître ! lui susurré-je.

— Oui, mais je ne savais pas que tu aurais le cran de venir… dans cette tenue… je voulais te surprendre dans ma tenue… nu sous ma blouse…
— Mec insupportable !
— Nana timbrée !
— Grossier personnage !
— Bandante !
— *Sexy…*
— Appétissante…
— Magnétique…
— Tu m'emmerdes parce que je ne vais pas dormir et que je vais être crevé tout à l'heure !
— Tu m'emmerdes parce que…
— Ferme-la, on perd du temps !
— D'accord, alors fais-moi plutôt hurler d'extase…
— Putain, Ely, je vais te faire tellement brailler que demain, tu n'auras plus de voix pour parler…
— J'ai envie de toi, Noël, j'ai vraiment très très envie de toi… démesurément…
— Putain, Ely…

Père Noël, maintenant, tu t'en vas, espèce de voyeur !

Un tourbillon de folie, de désir, d'érotisme et d'amour nous emporte dans notre monde.

Et notre histoire commence maintenant.

Épilogue

« *Nous atterrirons à Montréal dans exactement une heure, température extérieure vingt degrés, c'est le début de l'été. Bonne fin de voyage.* »

Noël hèle l'hôtesse de l'air au passage, pendant que je tente par tous les moyens de l'en dissuader.
— Tu es dingue ! lui crié-je, désespérée, car bien sûr, il ne m'écoute pas !
— Complètement, ma chérie… de toi.
— Non, mais, arrête, ne sois pas bête… enfin ! le grondé-je.
— Je ne suis pas bête, j'ai envie de réaliser ton rêve, madame Elyna Leclerc !
Il serre ma main plus fort alors que la jeune femme peut enfin lui accorder son attention. Et moi ? Disons que je tente par tous les moyens de disparaître dans ce siège en me ratatinant… car je suis morte de honte.
— Dites, ma femme et moi, nous avons envie de nous envoyer en l'air et je me demandais si vous n'aviez pas un endroit plus calme que les toilettes ?
Je lève les yeux au ciel, puis porte mon attention sur le hublot.
Ce n'est pas moi qui veux, hein ! Enfin, peut-être un petit peu…
— Mais attendez… vous n'êtes pas le couple ? Mais si ! Vous êtes le couple qui se chamaillait il y a quoi… six mois ?
Mes oreilles, alertées par ses propos, demandent à ma tête de se tourner vers elle. Elle ne paraît pas surprise, mais plutôt joyeuse.

Elle est joyeuse ?! Pourtant, à l'époque, la probabilité qu'on soit ensemble était proche de zéro !

— C'est bien nous, on s'est rencontrés dans cet avion, enfin, peut-être pas celui-là, mais… bref, on s'est mariés onze jours plus tard et on déménage définitivement à Montréal, cette fois, et… commencé-je.

— Comme quoi, la vie nous réserve bien des surprises ! s'extasie-t-elle.

Noël fait mine de demander à la jeune femme de s'approcher de lui pour lui parler d'une manière un peu plus intime, tant et si bien que je l'arrête dans son élan en lui assénant un léger coup de poing dans l'estomac. Il me sourit, pose un baiser rapide sur ma joue, puis s'adresse à l'hôtesse :

— Elle est très jalouse… et elle a un rêve, concrétiser ce que je lui ai proposé il y a six mois… et qu'elle a refusé à l'époque, car elle l'a mal pris… enfin, je m'y suis mal pris, dit-il en jetant un coup d'œil dans ma direction et en rentrant sa tête comme s'il avait peur que je le frappe.

Je secoue la tête en levant les yeux au ciel, un sourire aux lèvres. Il me fait un clin d'œil, puis reprend :

— Bref, on a juste besoin d'une petite demi-heure, pour, vous savez quoi… c'est tout.

La jeune femme fait la moue, réfléchit, puis nous apporte sa réponse.

— Je ne devrais pas, mais étant donné que vous êtes mariés et que c'est un rêve ! Suivez-moi, nous avons un coin non occupé vers le devant de l'avion, vous y serez tranquilles pour votre petite affaire… termine-t-elle avec un clin d'œil.

Je n'y crois pas ! Elle a dit oui !

Mes yeux sont si grands qu'ils vont bientôt sortir de leurs orbites.

Avec Noël et moi, c'est toujours comme ça, « dingue » !

Mon mari la remercie avec son sourire charmeur, ce à quoi je réponds immédiatement en lui broyant les doigts de la main. Surtout lorsque j'aperçois la fille battant des cils comme si elle était tombée sous son charme.

Ouais, mais il est à moi ! Donc, pas touche, hein !

Elle nous demande de la suivre, ce que nous faisons sans demander notre reste.

On est complètement barrés ! Mais n'est-ce pas cela, l'amour ? De la folie à l'état pur ?

Avec Noël et moi, oui.

Une fois arrivés sur les lieux (un coin première classe inoccupé), Noël attend qu'elle referme les rideaux, puis ne perd pas une seconde. Sa main glisse immédiatement jusqu'en bas de mes fesses, remonte jusqu'à ma nuque, desserre ma robe moulante, en ouvre la fermeture éclair dans mon dos. Je dois dire que c'est très aguichant, mais je ne peux pas m'empêcher de guetter l'ouverture matérialisée par un simple rideau.

Et soudain, mes sens déjà en alerte s'émoustillent encore plus en pensant que quelqu'un pourrait nous surprendre. Mes cuisses se serrent d'instinct et mon cœur bat à cent à l'heure.

J'ai tellement envie de lui !

Mais j'ai si peur !

— Noël… je ne suis pas très rassurée… et s'il y avait une caméra ? Si quelqu'un…

Il étouffe la suite de ma phrase avec sa bouche et ses doigts habiles poursuivent leur chemin, en faisant glisser les bretelles de mes épaules, puis de mes bras, il fait passer ma robe lentement sur mes fesses, mes cuisses.

Mon rythme cardiaque pulse et enfreint les règles de limitation de vitesse… quoique dans un avion… on s'en fiche un peu, non ? Il vole plus vite, de toute façon…

Le désir se répand dans tout mon corps et je gémis, ce qui stimule mon amant encore davantage.

— Putain, Ely…

Noël défait son pantalon et son regard de prédateur fait de braises prend feu, me grignote un peu plus à chaque bouchée et me consume. Je prends la main et l'embrasse sauvagement, explorant chaque coin et recoin de sa bouche, enlaçant nos deux langues, pendant que nos mains touchent tout ce qu'elles peuvent. Noël grogne de plaisir et notre baiser devient violent, brutal et puissant.

Soudain, il s'arrête, haletant.

— Ely, tu prends la pilule ?

— Non… tu sais bien… lui dis-je d'une voix entrecoupée par deux inspirations.

— Tu ne le sais pas encore, mais nous allons nous passer de préservatif… me dit-il dans un souffle alors que je sens son membre contre mon ventre prêt à exploser.

J'arrive à peine à respirer tant sa déclaration me prend par les tripes, car je comprends qu'il est d'accord.

— Serait-ce ta manière de me demander l'autorisation de me faire notre enfant ? lui demandé-je, le cœur battant.

— Oui, je veux répandre ma semence en toi, pour que tu me fabriques notre enfant…

Sa voix rauque manque de me faire défaillir, mes jambes peinent à rester debout tant elles tremblent et mon corps et mon intimité n'ont jamais été autant sur le qui-vive. Et j'ai si chaud !

— Alors, vas-y, Noël, fais-moi l'amour comme un sauvage, car je te préviens, je veux ta réplique dans mon ventre... au boulot !

— À vos ordres, madame Leclerc.

Il enfouit sa bouche dans mon cou, puis se dégage un instant pour me contempler : ses yeux me scrutent avec envie, sa bouche devient gourmande, son intimité grandit pour mieux me dévorer. Je suis à la limite de l'évanouissement, j'ai besoin qu'il entre en moi pour assouvir mon envie de lui.

— Tourne-toi, m'ordonne-t-il.

— À vos ordres, docteur...

Il entre en moi en un seul coup de reins et je pousse un cri qui le motive à accélérer ses va-et-vient. Alors, nous nous enfermons dans notre bulle, nous soulevons dans les airs, volons, flottons, tremblant en même temps que les secousses de l'avion, qui entre dans une zone de turbulences, et au moment où nous allons jouir, nous gémissons à l'unisson tant l'extase est profonde, sublime, puissante, enivrante, magique... Nous crions si fort que j'ai l'impression que l'ensemble des passagers nous entendent. Mais, comme Noël, je m'en fiche, car maintenant, tout ce qu'il y a d'important, c'est nous et notre amour sauvage, violent, insolent, torride et complètement taré... à notre image.

— Putain, Ely... je t'aime tellement.

— Moi aussi, je t'aime tellement, Noël...

Il me serre dans ses bras tandis que nous reprenons nos souffles, nos deux cœurs cognant l'un contre l'autre à travers nos poitrines martyrisées. Mon sourire se renforce et reste gravé sur mes lèvres pendant que j'imagine la rencontre de nos deux fluides former l'être qui sera le témoin de notre amour… fou.

FIN

Du même auteur paru aux Editions Addictives

Insupportable le jour, irrésistible la nuit !

Deux semaines en Espagne tous frais payés pour le boulot ? Dana saute sur l'occasion sans attendre !
Adieu New York, le froid, les tracas et son boss exécrable, à elle le soleil, la mer et la chaleur !
Premier souci : son boss est présent. Dans la chambre mitoyenne.
Deuxième souci : il l'a surprise nue.
Troisième souci : il est torride, sexy et déterminé à la faire succomber… quelles que soient les conséquences !

WICKED BOSS de Eva Baldaras

Aux éditions Addictives

Premiers chapitres offerts avec l'autorisation de l'éditeur

L'envie, selon le dictionnaire *Larousse* :

« *Convoitise, mêlée ou non de dépit ou de haine, à la vue du bonheur ou des avantages de quelqu'un.*

Désir d'avoir ou de faire quelque chose, désir que quelque chose arrive.

Besoin organique soudain de quelque chose… »

Prologue

Dana

Aéroport JFK, me voilà !

Aujourd'hui, je vais quitter le sol américain pour quinze jours et découvrir d'autres contrées. Je suis tellement excitée par cette idée que je me retiens de sauter de joie lorsque mon taxi me dépose juste devant l'entrée principale. Avant de sortir du véhicule, je dicte un SMS vocal, que j'envoie sur les téléphones portables de mes amis Béatriz et Mike pour les prévenir de mon arrivée. D'après les dernières nouvelles, ils m'attendent déjà à proximité des comptoirs d'enregistrement.

Lorsque le chauffeur dépose mes bagages à mes pieds, je le paie et, parce que je suis de bonne humeur et que j'ai pour habitude de réaliser une bonne action chaque jour – et surtout parce qu'aujourd'hui j'ai envie de faire quelque chose de bien pour quelqu'un sans raison particulière –, je lui laisse un billet de cinquante dollars en guise de pourboire. D'abord, le chauffeur refuse, en raison du montant élevé, mais il ne met pas longtemps à accepter.

– Merci, vous êtes très généreuse... Vous partez loin d'ici ? me demande-t-il avec un sourire toutefois gêné, en changeant rapidement de sujet.

– Très loin ! Je pars en Espagne pendant deux semaines, dépaysement total ! Un peu pour le travail avec mon nouveau patron exécrable, mais ce n'est qu'un détail par rapport aux découvertes touristiques que je vais y faire.

Il hausse les épaules.

– C'est pour ça que je suis chauffeur de taxi, m'avoue-t-il en s'apprêtant à entrer dans son véhicule pour repartir. Je n'ai pas à gérer un chef insupportable qui me donne des ordres. J'adore être mon propre patron et décider pour moi !

– Vous avez bien raison. Il faut faire ce qui nous plaît dans la vie ! Moi, je suis animatrice radio et j'adore mon métier et mes deux co-animateurs. D'ailleurs, c'est avec eux que je pars.

– Eh bien, je ne savais pas que j'avais transporté une célébrité !

– Oh, pas tant que ça. Je dois y aller. Merci pour la course et bonne journée !

C'est étrange, aujourd'hui, tout me paraît beau : le chauffeur de taxi est super sympa, le soleil brille, il fait chaud mais pas trop, et je me sens transportée par mon futur séjour. Je ne suis jamais allée en Espagne et je ne sais pas pourquoi, mais j'ai hâte. J'ai comme un bon pressentiment. De plus, la Galice borde l'océan Atlantique et je l'adore, cet océan.

– Bon voyage, mademoiselle ! me crie le chauffeur en partant et en faisant un geste d'au revoir de la main, que je lui rends aussitôt.

J'esquisse un sourire, puis je pars à mon tour, traînant ma valise derrière moi. À proximité de l'entrée principale du bâtiment, je marque un temps d'arrêt pour respirer une grande bouffée d'air, puis je découvre l'immense hall plein de vie. Quoi de plus exaltant que d'entrer dans un aéroport, bagage à la main, prêt à s'envoler vers de nouveaux horizons ? En ce moment : rien !

Qui dois-je remercier pour cette opportunité ? Alejandro, notre nouveau boss. Celui qui a offert gracieusement quinze jours en Espagne pour repenser un nouveau concept d'émission. Un genre de séminaire – non obligatoire, mais fortement conseillé – mêlé à des vacances, pour que la contrainte soit moins difficile à encaisser.

J'ai d'abord refusé – pour contrarier mon nouveau boss, et parce que je ne veux pas valider une modification de mon « bébé », qui était là avant qu'il arrive il y a un mois. Ensuite, j'ai accepté – grâce à mon ex, qui m'a trompée – pour tourner définitivement ce chapitre de ma vie. Finalement, ce voyage tombe à pic et je ne vais pas m'en priver. Surtout tous frais payés ! Je sors les billets d'avion de mon sac à main afin de vérifier les numéros de vols : une escale à Barcelone, puis un vol direct jusqu'à Saint-Jacques-de-Compostelle, au départ du terminal 4.

Je reprends ma route en me frayant un passage parmi tout ce monde en effervescence autour de moi, devant moi, derrière moi, tentant pour certains de me dépasser. Aujourd'hui, rien ne m'atteint, ni la circulation intense de New York, tout à l'heure, qui aurait pu me retarder, ni l'embouteillage qui nous est tombé dessus ensuite et qui aurait pu me faire rater l'avion, ni cette personne qui vient de me bousculer. Parfois, il suffit de penser positif et le tour est joué ! De toute façon, à quoi ça sert de nous lamenter sur notre sort si ce n'est pour nous enfoncer davantage dans de la boue qui veut nous enliser ? Moi, je dis qu'il faut aller de l'avant, que rien n'arrive par hasard et que les échecs ne sont là que pour mieux nous faire rebondir ! Devise de Dana, dans l'émission *New York, coeurs brisés*, NY Channel 100 !

Des yeux, je cherche Béatriz et Mike, ce qui s'avère très difficile dans toute cette foule qui se presse. Il ne me reste qu'une seule solution. Je sors mon téléphone de mon sac précipitamment et appelle Béatriz : il ne reste que deux heures avant le décollage de notre avion, il ne faut plus traîner. Parfois, les enregistrements peuvent durer longtemps et ce serait dommage de ne pas pouvoir partir alors que je suis dans l'aéroport !

Je suis des yeux la direction qu'elle m'indique, puis je les vois enfin. Lorsqu'elle m'aperçoit, elle m'ouvre ses bras et, quand j'arrive à sa hauteur, je la serre contre moi. Je fais de même avec Mike : nous sommes très proches, tous les trois, complices sur les ondes et dans la vie, depuis que nos chemins se sont croisés à la radio.

– Tu es radieuse, Dana ! s'écrie-t-elle chaleureusement.
Je lui réponds sur le même ton :
– Toi aussi, ma belle !
– Moi aussi, je vous trouve toutes les deux canon ! ajoute Mike en entourant nos épaules pour nous ramener à lui.

Cela fait une semaine que nous nous sommes quittés, juste après la dernière émission avant l'été. Depuis, je ne les ai pas revus. Sans doute parce que j'avais besoin d'être seule un temps, après la fin de mon histoire avec Matt.

Après quelques minutes d'attente dans la bonne humeur, nous nous enregistrons. Le personnel est très réactif, et les personnes devant nous également, car nous sommes bientôt libérés de cette formalité, ce qui nous permet de boire un verre en attendant l'heure pour embarquer.

Une fois que nous sommes installés, nos boissons sur notre table, Béatriz ne met pas une minute avant d'engager la conversation.

– Alors, comment vas-tu ? me demande-t-elle, sans doute curieuse de connaître l'histoire que je ne lui ai pas encore racontée et qui, pourtant, date déjà de deux semaines.

Il faut dire que, la semaine qui a suivi la découverte de l'infidélité de Matt, je n'étais pas encore prête à exposer ma vie, que je qualifiais de « fiasco » à ce moment-là.

– Je vais très bien ! Prête à commencer ma nouvelle vie ! affirmé-je en brandissant un poing au-dessus de ma tête.

– Tu ne m'as jamais raconté ce qui s'était passé…
Elle veut savoir. Déformation professionnelle ou simple curiosité ? De toute manière, j'allais me confier, car aujourd'hui, je suis prête. Matt fait définitivement partie du passé.

– Béa…, souffle Mike.

– Ne t'inquiète pas, Mike, ce n'est pas un secret, lui dis-je en souriant.

– Je ne t'oblige pas, hein ? Mais parfois, parler, cela aide à nettoyer son coeur, tu vois…

Je la taquine :

– C'est ce que la Dana dit dans son émission. Tu la copies, Béatriz !

Elle me sourit ; moi aussi. Puis je commence à lui raconter comment j'ai découvert l'infidélité de Matt. Deux paires d'yeux me scrutent, Mike étant tout aussi intéressé que Béatriz. Il faut dire que, les histoires d'amour qui finissent mal, c'est notre dada, car c'est le coeur de notre émission – le point de départ, en fait.

– Alors, voilà. J'ai voulu lui faire une surprise, genre une partie de jambes en l'air en fin d'après-midi avant de me rendre au studio, alors que, d'habitude, je fais une sieste et qu'il me le reprochait souvent. Et donc, je me suis rendue à l'improviste chez lui. Ne me demandez pas pourquoi, mais à peine ai-je ouvert la porte de son appartement et franchi son seuil que j'ai eu comme un pressentiment. Le parfum inconnu d'une femme qui flottait dans l'air, son pantalon et sa chemise étalés en désordre sur le sol… Soudain, je me suis sentie comme une autre personne dans une autre dimension. Vous voyez ? Ce moment trop bizarre pendant lequel on a l'impression que tout se passe au mode ralenti, que la tête tourne, qu'on commence à comprendre que quelque chose de louche va faire s'effondrer son monde.

Mike opine du chef, comme si cela lui était déjà arrivé.

– Du coup, tu t'es évanouie ? me demande Béatriz, accrochée à mes lèvres.

– Non, dis-je en portant mon verre à la bouche pour boire une gorgée d'eau avant de poursuivre mon récit. Je suis tombée sur une petite culotte rose, de femme, qui n'était pas à moi, juste à côté d'un slip de Matt.

Béatriz ouvre sa bouche en grand et Mike secoue la tête.

– Merde, souffle mon amie.

– Oui, merde. Ensuite, aussi étrange que cela puisse paraître, je me suis dit que c'était peut-être un cadeau pour moi. La culotte en dentelle… j'en voulais une comme celle-là, justement, et Matt le savait. Ensuite, je me suis dit que ma vie allait vraiment s'arrêter lorsque j'ai entendu des bruits en provenance de sa chambre. Ceux qui, finalement, ont confirmé mes doutes.
– Oh…
– Comme tu dis. À ce moment-là, j'avoue que j'ai eu l'impression d'avoir été frappée par la foudre et de me faire abattre comme un arbre sans défense, que mon monde disparaissait pour de bon, que mon esprit s'était complètement déconnecté de la réalité, de mon corps. Mais ensuite, très vite, une vague de colère m'a envahie, lorsque j'ai ouvert la porte de sa chambre et que je les ai vus emboîtés l'un dans l'autre, Matt s'enfonçant en elle de plus en plus vite en poussant des grognements, tandis qu'elle gémissait d'une manière aiguë à en rompre les tympans.
– Putain, le salaud, dit Mike.
– Puis j'ai claqué la porte en restant à l'intérieur de la chambre : je voulais qu'il me voie les voir.

Mike et Béatriz m'observent, les yeux écarquillés. Sans que je m'y attende, un fou rire me prend, et je ris aux larmes. Béatriz et Mike échangent un regard surpris et affichent un sourire jaune. Ma co-animatrice attend que mon rire s'estompe avant de prendre la parole.

– Dans tous les cas, tu as encaissé la tromperie très vite alors que, normalement, enfin, disons que… Et puis tu as tiré un trait au bout de deux semaines ! commence-t-elle.

– On s'en fout, de la normalité ! Dana, tu vas bien ? me demande Mike, inquiet en raison de mon rire, certainement inapproprié pour lui.

J'opine de la tête. Mon rire s'atténue un peu plus et disparaît. J'essuie mes larmes de joie et reprends mes esprits, puis mon calme. La dernière image de Matt et de sa pouffiasse est juste hilarante, malgré le contexte de la découverte de son adultère.

– C'était si jouissif ! À ce moment-là, lorsqu'ils m'ont aperçue, Matt et sa maîtresse ont hurlé d'une manière synchronisée avec une grimace de schizophrènes. Il s'est retiré d'elle d'un coup et son membre est retombé comme un soufflé ! Sa queue est devenue si petite que même la fille a écarquillé les yeux ! Bref, je suis partie malgré ses « ce n'est pas ce que tu crois », achevé-je en mimant des guillemets. Avant de m'en aller, je lui ai jeté le double de clés de son appartement à la figure. Si vous aviez vu sa tête ! Il a juste eu le temps de la baisser pour éviter l'impact !

– C'est tout ce que ça te fait ? Vous étiez ensemble depuis deux ans, tout de même, insiste Béatriz.

– Hey, c'est Dana, la superwoman ! Celle qui ne se laisse jamais abattre ! Et puis l'autre, je n'ai jamais pu le blairer, de toute façon. Il était faux comme mec, ajoute Mike.

– N'empêche que, moi, je ne sais pas si j'aurais eu le cran de passer si vite à autre chose…, insiste-t-elle.

– Béatriz, je suis mes propres conseils de l'émission, tu sais, ceux que notre nouveau boss n'apprécie pas : l'adultère ne se pardonne jamais, celui qui est trompé quitte l'imposteur et refait sa vie en allant de l'avant. D'ailleurs, qui peut pardonner une chose aussi immonde ? En ce qui me concerne, l'avoir pris sur le fait m'a permis de voir son vrai visage ; cela m'a évité de perdre du temps avec un menteur ! Même si je dois vous avouer que, sur le moment, la première chose à laquelle j'ai pensé, lorsque je l'ai vu en elle, c'est qu'il détruisait notre couple, une belle histoire d'amour, et qu'il brisait mon coeur en mille morceaux. C'est pour cela que ce voyage tombe à pic ! Je suis simplement les conseils de Dana, dans son émission du soir, pour réparer les coeurs brisés : passer très vite à autre chose, sans se lamenter sur son propre sort et sans chercher le pourquoi du comment. Car, finalement, à quoi cela sert-il de chercher les causes ? À rien, ce qui est fait est fait. Matt est un salaud et il ne mérite pas plus d'attention que ça de ma part, et certainement pas que je déprime à cause de lui ! Point.

– Ta dernière phrase, on dirait que c'est Al' qui l'a prononcée. Elle est si « sans appel » ! me confie Béatriz.

Je souris, puis lui fais un clin d'oeil.

– Al' n'aime pas trop l'adultère non plus. D'ailleurs, si tu veux tout savoir...

– Arrête, Béa, cela ne se fait pas d'étaler la vie du boss en public, la gronde Mike.

Moi, j'aimerais bien en savoir un peu plus sur mon nouveau boss, justement.

– Il sera présent en Espagne ? demandé-je.

Une fois sur place, je pourrai le questionner. Et lui demander pourquoi il ne partage pas ma façon de mener « mon » émission. Avoir une véritable discussion avec lui pour une fois, lui qui ne nous laisse pas en placer une d'habitude et qui ne nous parle qu'au téléphone !

— En réalité, nous n'en savons rien. Peut-être continuera-t-il à jouer à cache-cache, comme au bureau, genre monsieur le boss inaccessible ! m'indique Béatriz.

— Pourquoi a-t-il accepté ce poste il y a deux mois ? Je veux dire, il habite en Espagne d'habitude, alors pourquoi a-t-il déménagé à New York subitement ? On ne quitte pas sa maison, sa famille et son travail sur un coup de tête, si ? D'autant plus qu'il n'a pas besoin d'argent. Enfin, je suppose.

— Al' est américain du côté de son père, Dana, tu le sais, et il a étudié à Yale, major de sa promo. Il a passé toute son enfance à Chelsea avec ses parents. Il est dans le monde artistique depuis dix ans maintenant. En réalité, il n'a habité en Espagne que ces cinq dernières années… Dernièrement, il a travaillé pour une radio espagnole, à Madrid, je crois. Il l'a redressée au bout de six mois seulement, alors que celle-ci était au bord du gouffre. Sa spécialité ? Remonter les entreprises dans le secteur de l'audiovisuel qui se trouvent en mauvaise posture. Du coup, son père lui a demandé de prendre le relais de sa chaîne de radio pour lui donner un coup de jeune avec une touche d'exotisme. La famille, c'est sacré pour lui : il ne peut rien refuser à son père, surtout pour lui rendre service. Et puis… ce n'est pas pour aller dans son sens, hein, mais notre émission a besoin…

Ne souhaitant pas entendre la fin de sa phrase, je la coupe avant qu'elle ne l'achève. J'entends bien ce qu'elle me dit, mais je reste ferme sur ma position.

— Dans tous les cas, je ne le laisserai pas détruire notre émission. Elle est rentable.

J'ai l'impression que Béatriz ne m'écoute pas. Au lieu d'abonder dans mon sens, elle énumère les qualités de notre nouveau boss, et ça m'agace.

– Il est déterminé et arrive toujours à ses fins. Il est coriace, n'aime pas être contrarié, surtout si tu n'approuves pas ses idées… Et la peau bronzée, des yeux qui te transpercent, et super musclé… reprend Béatriz d'un air songeur.

Mike lève les yeux au ciel.

– C'est ce qu'on verra, répliqué-je en pensant à mon second objectif du voyage, après le début de ma nouvelle vie : la survie de mon émission.

C'est à ce moment-là qu'une voix agréable nous tire de notre conversation et appelle les voyageurs en partance pour Barcelone pour un embarquement immédiat.

Chapitre 1

Nouveau départ

Dana

– C'est génial ! s'exclame Béatriz alors que nous embarquons.

– Oui, génialissime ! ajouté-je à mon tour, avec enthousiasme.

– Nous allons voir les beaux étalons espagnols ! répond-elle en me pinçant le menton.

– Avance, Béa, tu bloques le passage, la prévient Matt sur le ton de la plaisanterie.

Celle-ci lui tire la langue, puis s'exécute. Je souris en parcourant la passerelle qui nous conduit à l'avion.

Mon siège est situé côté hublot, à droite de celui de Béatriz. Mike se trouve à sa gauche. Ils s'installent à leurs places respectives pendant que je m'acharne à caser mon bagage à main dans un compartiment au-dessus de nos têtes. Une fois mon exploit terminé, mes deux co-animateurs sont contraints de se lever pour me permettre de gagner ma place. Lorsque, enfin, je suis assise, je souffle et je boucle ma ceinture de sécurité.

Conformément aux instructions qui nous seront bientôt données, j'éteins mon téléphone portable et l'enfouis machinalement dans mon sac à main. Ce dernier rejoint le dessous du siège du passager devant moi. Pendant ce temps, l'hôtesse annonce le proche décollage et nous informe des consignes de sécurité.

Je l'écoute d'une oreille distraite, puis jette un oeil à travers le hublot. Le bitume commence à défiler, signe que l'avion dispose de l'autorisation de se rendre sur la piste de décollage. J'adore ce moment où l'appareil commence à avancer sur la terre avant de s'envoler dans le ciel.

Sans faire un grand arrêt en début de piste, le pilote libère la poussée des réacteurs et l'avion prend de la vitesse. Mes yeux n'arrivent bientôt plus à distinguer les détails du paysage de l'aéroport tant ils défilent rapidement. L'avion va sous peu prendre son envol, c'est simplement magique !

L'accélération est à son maximum, puis l'avion décolle en s'élançant dans les airs, nous propulsant tous avec lui dans le ciel. Béatriz et moi crions un « *fuck Matt !* » tandis que Mike nous rejoint avec un temps de retard, en poussant un cri décalé, ce qui nous amuse.

L'engin poursuit sa montée. Un bruit sec me fait comprendre que le train d'atterrissage se range. Je prends une profonde respiration, puis ferme les yeux pendant que l'avion vole et atteint sa vitesse de croisière. J'adore cette sensation d'être dans les airs, je me sens si bien à cet instant précis.

Un signal nous indique que nous pouvons déboucler nos ceintures de sécurité. J'en profite pour me détacher.

Mes paupières s'ouvrent et ma tête roule sur le dossier de mon siège vers Mike et Béatriz. Les deux autres voix de l'émission *New York, coeurs brisés*, que j'ai le plaisir d'animer chaque soir depuis quatre ans. Nous nous entendons très bien, tous les trois, et même si notre émission affiche moins d'audience, à l'échelle des profits que souhaite réaliser le nouveau boss, elle continue à avoir du succès. Je n'ai encore jamais vu Alejandro. Aussi curieux que cela puisse paraître, c'est vrai. Il nous dirige depuis un mois et souhaite réorganiser tout le programme de la chaîne, soi-disant à la demande de son père. Alejandro pense qu'il faut « rénover » – les gens veulent autre chose, selon lui. D'abord, qu'est-ce qu'il en sait ?

Mike et Béatriz le connaissaient déjà avant qu'il prenne le pouvoir de notre radio. Mike est l'un de ses amis et Béatriz serait une connaissance de sa famille. Je sais, à travers eux, qu'il est américain du côté paternel et espagnol de l'autre côté. Il est issu d'une famille aisée, fils unique, zéro défaut connu, et a donc étudié à Yale. Ses parents, mariés, résident à présent dans une ville proche de notre destination. Il vit seul, à New York, dans l'ancien appartement de ses parents. Moi, je ne connais que sa voix grave et son caractère exécrable par l'intermédiaire d'un combiné de téléphone. J'aurais pu avoir la curiosité de voir à quoi il ressemble, sur une photo, un profil quelque part sur les réseaux sociaux, mais sincèrement, vu son comportement et la perspective de le voir bouleverser mon émission, je n'en ai pas eu envie. Même s'il a une voix canon.

J'observe Mike, qui dévore Béatriz des yeux lorsqu'elle se lève pour aller aux toilettes. Depuis quelque temps, il multiplie les tentatives pour l'attirer vers lui, acquiesçant à tous ses désirs… Peut-être qu'il y arrivera en Espagne ? Dans tous les cas, je trouve qu'ils formeraient un joli couple.

Béatriz a eu une relation, il y a quelques mois, qui a priori n'a pas duré longtemps, mais elle ne m'en a jamais parlé. Je trouve cela d'ailleurs très curieux, elle qui expose sa vie, d'habitude. Mike m'a expliqué que cette relation lui aurait laissé un mauvais souvenir, une histoire sans lendemain qui aurait pu lui coûter cher.

Moi, je n'ai eu qu'un seul homme dans ma vie, pendant deux ans. Le premier, y compris dans mon lit. Rencontré une première fois à Columbia, l'université dans laquelle nous avons étudié à New York, et plus tard lors d'une soirée. À 25 ans, je peux dire que mon expérience au niveau des hommes est quasi inexistante, voire nulle. Côté sexe, n'en parlons même pas. Mon ex m'a traitée une fois de femme frigide, car je ne réagissais pas assez bien à ses stimulations. Il n'a pas tort, il ne m'a jamais provoqué d'orgasmes qui m'ont comblée entièrement : j'étais obligée ensuite de me satisfaire toute seule. Finalement, il m'a rendu service en me trompant ! Car, avec le recul, c'était un piètre amant.

En réalité, je pensais que l'amour charnel venait après, si cela ne fonctionnait pas vraiment tout de suite, lorsque deux personnes s'entendent bien et disposent de points en commun. Comment peut-on imaginer coucher avec un homme si l'on ne connaît rien de sa vie ? Moi, je ne l'imagine pas.

Béatriz revient et se rassied. Elle a fait vite.
– Tu prends ta pose d'animatrice sexy ? me demande-t-elle.
– OK !
Elle me sourit, prend son smartphone, puis nous propose un selfie pour mettre notre photo sur la page Instagram de notre émission. Mike se rapproche d'elle et colle sa joue à la sienne. Elle ne le repousse pas.

— Comme ça, les gens pourront nous suivre ! ajoute-t-elle.

— Super idée ! approuvé-je.

Elle prend sa photo, puis lève son pouce pour nous indiquer qu'elle est réussie.

— Je la posterai sur Instagram à notre arrivée à Barcelone, poursuit-elle.

— Waouh, on est vachement beaux ! ajoute Mike.

— Surtout toi ! lui souffle-t-elle.

Mike en profite pour la taquiner, en empruntant une voix mielleuse tout en approchant son visage près du sien comme s'il flirtait avec elle.

— Ah, oui ?

Béatriz se retourne vers lui, lui donne un coup de coude, puis lui répond.

— Ne prends pas tes désirs pour des réalités ! Je parlais de ta grimace hilarante !

— Mes désirs ? Qu'entends-tu par là, Béa ? poursuit-il en soulevant les sourcils plusieurs fois.

Béatriz lève les yeux au ciel, puis prend une inspiration exagérée.

— Je n'entends que tes bêtises, Mike !

Mike lui tire la langue, puis se tait. L'ambiance reste joyeuse.

— Je me demande à quoi il ressemble, dis-je machinalement, rompant ainsi le charme qui s'opère entre eux.

— Qui ? me demande Béatriz.

— Le nouveau boss.

— Il est pas mal, me répond-elle, songeuse. Enfin, en apparence, parce que c'est un vrai connard.

— Ça, je le sais déjà, lui dis-je à mon tour en jetant mon dévolu sur le hublot une nouvelle fois.

– Et tu ne sais pas à quel point. Tu ne vois que son côté professionnel de merde. Moi, je le connais un peu plus. Il est lunatique, colérique et imbu de sa personne, même dans sa vie privée.

– Arrête de le critiquer, Béa, tu ne connais pas son histoire, souffle Mike.

Elle lui fait un doigt d'honneur en guise de réponse, puis met ses écouteurs dans les oreilles. Le son de la musique qu'elle écoute est tellement fort que je distingue nettement le nouveau tube de Justin Timberlake.

Je lève les yeux au ciel. Je me demande ce qui vient de se passer. Pourquoi Béatriz réagit-elle d'une manière aussi impulsive ?

– Ne t'inquiète pas, elle fait sa tête de cochon parce que je viens de la contrarier. Rien de grave, conclut Mike en me lançant un clin d'oeil pour me rassurer.

Il ne faudrait pas qu'ils se brouillent, ce serait dommage : pour notre amitié et pour l'émission. Je lui souris avant d'approuver.

– Tu as raison. Elle ne boudera pas longtemps !

Il affiche un sourire, puis adosse sa tête, et je ne le vois plus.

Je tourne mon visage vers le hublot et observe les nuages. Des espèces de boules de coton qui nous entourent, en lévitation dans un ciel bleu, transpercées par des rayons de soleil. C'est toujours un émerveillement de se sentir au-dessus de tout ! Ensuite, mes paupières deviennent lourdes et se ferment. Le voyage en avion me fait toujours cet effet : me plonger dans les bras de Morphée.

Dans quelques heures, nous ferons escale à Barcelone, pour finalement prendre un nouveau vol à destination de Saint-Jacques-de-Compostelle.

Au moment où mon esprit évoque notre itinéraire, je m'assoupis.

Chapitre 2.
Top départ

Dana

Tandis que l'avion atterrit sur le sol espagnol, les passagers applaudissent.

J'ai très peu dormi dans l'avion que nous avons pris à Barcelone à destination de Saint-Jacques-de-Compostelle, préférant parcourir le magazine de la compagnie aérienne, mais je suis dans une forme olympique malgré le décalage horaire. Je suis prête à découvrir de nouveaux paysages. J'ai hâte ! Maintenant, la destination finale est très proche : il ne nous reste plus qu'à prendre un bus jusqu'à Pontevedra – une ville écolo en bord de mer –, puis un taxi jusqu'à Sanxenxo – le petit Saint-Tropez de Galice et le lieu de nos futurs brainstormings.

Curieusement, il fait beau et chaud. J'aurais pensé qu'il allait pleuvoir, pour faire honneur à la réputation de cette région espagnole, mais non. Le trajet en bus de Saint-Jacques-de-Compostelle à Pontevedra dure cinquante minutes, pendant lesquelles j'ai tout le loisir d'admirer les paysages, plutôt ornés d'arbres. Parfois, sur le côté de la route, quelques pèlerins, ici ou là, cheminent en sens inverse pour atteindre leur objectif : l'ultime étape de leur périple.

Dans l'avion, j'ai eu l'occasion d'approfondir mes connaissances sur la région de Galice – assez méconnue – grâce aux prospectus fournis par la compagnie aérienne espagnole avec laquelle nous avons voyagé depuis Barcelone. J'ai appris que cette région était située à la pointe nord-ouest de l'Espagne et qu'elle était l'une des plus sauvages de ce pays. Il paraît que, sur la côte, alternent falaises et plages, des rias débordantes de charme. Le centre est, quant à lui, montagneux et désert, ce que je peux déjà constater le long de la route que nous empruntons en ce moment même. En tout cas, les photos sont magnifiques. Dans un coin, en bas de page, j'ai pu repérer quelques mots sur Vigo, la ville la plus grande et la plus peuplée du coin, bordée de nombreuses plages, avec une cohabitation d'immeubles s'érigeant vers le ciel et de maisons bourgeoises en pierre. Vigo est également prévu au programme, puisqu'il me semble que le boss nous a indiqué que nous allions visiter une station de radio, là-bas, afin d'effectuer un *benchmarking*.

Quant à Sanxenxo, le lieu de notre résidence pendant les quinze prochains jours, c'était à l'origine un petit village de pêcheurs, qui compte à présent des hôtels et des boutiques de luxe, des spas et des thalassos, et bien entendu, comme à chaque endroit de la côte, des plages, des restaurants et de très nombreux bars de toutes sortes. Uniquement dix-sept mille habitants. Cela va me changer de New York, même si la population de cette petite ville espagnole a tendance à doubler, voire tripler pendant l'été en raison de l'affluence de nombreux touristes venus des quatre coins du monde.

Il est presque vingt et une heures lorsque nous arrivons à Pontevedra. Pour rejoindre Sanxenxo, à environ seize kilomètres de là, y aller à pied étant exclu et aucun autre bus n'assurant la liaison jusqu'à notre destination, le taxi est de rigueur. Le bus s'arrête non loin de la station de taxis, où je m'aperçois avec bonheur qu'il y en a déjà trois qui attendent sagement les premiers clients. Les voyageurs ne se bousculent pas au portillon, ce qui nous permet d'en prendre un aussitôt. C'est une 5008, nouveau modèle, intérieur cuir, tout confort. Je crois savoir qu'une usine du célèbre fabricant français se trouve être à Vigo, ce qui explique qu'ici, beaucoup de véhicules de cette marque circulent. Je m'installe à l'arrière, et je lève les yeux au ciel lorsque j'observe Béatriz, qui monte à l'avant sans y être invitée et qui entame une phase de séduction destinée au bel étalon qui nous sert de chauffeur.

Je chausse mes lunettes de soleil et me laisse aller sur mon siège. N'ayant plus le choix, Mike s'invite donc à mes côtés et fixe avec intérêt l'écran de son téléphone portable, pour finalement décider de mettre ses écouteurs dans les oreilles et d'écouter de la musique que j'entends depuis ma place. Sa façon à lui de s'éloigner du comportement de Béa, qu'il doit certainement juger insolent. Je tourne mon regard vers ma fenêtre, à travers laquelle le paysage défile. Pour l'instant, il tient les promesses du prospectus : il est remarquable. Il paraît qu'ici, il y a beaucoup de similitudes avec ma région d'origine : la Bretagne. Les paysages océaniques, le climat, l'origine celte, la musique…

Je suis française. Comment ai-je atterri aux États-Unis ? Lorsque j'avais 8 ans, mes parents ont eu l'idée de faire fortune à New York en décidant de tout abandonner en France pour ouvrir une pâtisserie française. Aujourd'hui, ils sont à la tête d'un véritable empire, avec l'ouverture chaque mois d'un nouveau magasin dans un autre État. Après mes études de marketing, mon chemin a croisé celui de la grande chaîne de radio new-yorkaise pour laquelle je travaille aujourd'hui : NY Channel 100. Le poste m'a séduite et, depuis, j'accompagne mes auditeurs chaque soir avec mon émission, qui fait un tabac. Mais a priori pas assez, selon Alejandro, mon nouveau boss, qui répète à tout bout de champ qu'elle n'est pas assez « tendance ».

N'importe quoi.

L'océan, que j'aperçois au loin, me fait un bien immense. Il est d'un bleu profond identique à la couleur du ciel, bizarrement encore très clair à cette heure-ci. Je discerne quelques voiliers, des personnes revenant des plages et rejoignant leurs véhicules.

Le taxi nous débarque pile devant l'adresse que nous lui avons communiquée. Je descends, soulagée d'être enfin arrivée, car je vais pouvoir me reposer. Lorsque le chauffeur dépose ma valise à mes pieds, je le remercie en espagnol, que je parle couramment. J'ai appris la langue de Don Quichotte de la Manche pendant que je résidais en Californie. Là-bas, elle se parle fréquemment. Une belle langue qui réchauffe le coeur avec ses intonations. Elle est mélodieuse, sensuelle, comme la voix de mon nouveau boss.

Pourquoi mon esprit pense à lui maintenant ?

Parce que je sais qu'il est d'origine espagnole par sa mère et parce qu'il a une belle voix, c'est tout. Je secoue la tête plusieurs fois. Un énervement non maîtrisé prend possession de mon corps. Malheureusement, il n'a que cela à son avantage, car c'est un connard arrogant qui n'en a rien à faire des autres : il veut seulement abattre mon émission pour « faire du fric ». Je suis certaine qu'en plus d'être désagréable, il est laid. Je ne l'ai jamais vu, car monsieur ne daigne jamais descendre de son bureau lors de nos réunions de débriefing après chaque émission, préférant les suivre depuis son téléphone. C'est donc à distance qu'il nous insulte et nous traite d'incapables. Pour lui, nous sommes des gens sans intérêt, juste des pions, des machines à fric qui doivent lui obéir au doigt et à l'oeil depuis qu'il a pris le relais de son père !

Calme-toi, Dana, du calme. Pourquoi ressasser toutes ces pensées ? Prends ces quelques jours comme des vacances : profite de ces deux semaines et amuse-toi !

Puisque monsieur est plus intelligent que les autres, il n'aura qu'à animer l'émission à ma place. Je lui souhaite de tout coeur de réussir !

Ou pas...

HISTOIRE INTEGRALE A SUIVRE DANS LE ROMAN !

Lauréat du concours « amour interdit »

Un speed dating, et tout bascule !

Pour prouver à ses amis qu'elle n'est pas une fille coincée, Alana se rend à un speed dating, bien décidée à rencontrer LE mec sexy !
Mais quand elle se retrouve embarquée dans un rendez-vous avec un inconnu qui refuse de se montrer, ce simple pari prend une dimension beaucoup plus mystérieuse.
La jeune femme devrait en rester là, mais c'est plus fort qu'elle : elle veut savoir qui se cache derrière cette voix grave, derrière ce corps qu'elle a senti sans voir.
De rendez-vous déroutants en expériences sensorielles troublantes, Alana ouvre les portes d'un monde sensuel. Mais jusqu'où est-elle vraiment prête à aller avec cet homme qu'elle n'a jamais vu ?

BLIND DATE de Eva Baldaras
Aux Editions Addictives

Premiers chapitres offerts avec l'autorisation de l'éditeur

Dédicace
« *Il y a toujours un peu de folie dans l'amour, mais il y a toujours un peu de raison dans la folie.* »
Friedrich Wilhelm Nietzsche

Prologue

Jamais je n'aurais dû accepter, mais je l'ai fait.

Maintenant, je ne sais pas comment cela va finir et j'ai mal. Très mal.

Mal, parce que j'ai peur de perdre. Mal, parce qu'au fond, je fonce corps et âme vers l'inconnu.

Au départ, cela devait être un jeu. Simplement. Uniquement. Un pari.

Au début, je ne risquais rien. Il suffisait d'accepter de rencontrer un inconnu puis, après le premier rendez-vous, de me désister. Mais je suis allée plus loin qu'il ne le fallait et je n'ai pas pu reculer.

Maintenant, j'ai peur de découvrir la vérité. Car soit elle consacrera mes choix, soit elle me les fera regretter.

Je suis allée trop loin. Je le sais.

Mais, même si je devrai tout stopper avant qu'il ne soit trop tard, même si des émotions contraires m'assaillent, aujourd'hui, je suis sûre d'une chose : je n'en ai pas le droit, et pourtant, j'irai jusqu'au bout, quoi qu'il m'en coûte.

Chapitre 1

Alana

Je suis allongée sur mon lit, le bruit lointain des rues de New York parvient jusqu'à mes oreilles. Le murmure de cette ville éternelle qui ne semble jamais se reposer m'empêche aujourd'hui de fermer l'oeil. Alors que depuis six ans ses sons étouffés me bercent, cette nuit, c'est tout le contraire.

Je me tourne vers mon radio-réveil : il est minuit pile. Cela fait deux heures que je m'agite dans mes draps, sans attirer le marchand de sable.

Je ferme les yeux en serrant mes paupières le plus que je peux, mais non. Peine perdue, mon esprit n'en fait qu'à sa tête. Je pensais pourtant que la nuit était faite pour mettre de l'ordre dans les idées, pour y voir plus clair la journée suivante. Mais apparemment, mon cerveau préfère ruminer. Je suis obsédée par ce que m'ont dit mes amis hier. La façon dont ils me voient n'est pas des plus flatteuses et leurs mots tournent en boucle dans mon esprit.

« Tu es… euh… je dirais… sage. »

« *On sait bien que tu ne fais jamais rien d'un peu insouciant ou excitant. Mais c'est bien, hein ! Ça veut dire que tu es sérieuse.* »

« *Mais ne t'inquiète pas c'est ta personnalité, ce n'est pas un jugement. C'est juste que si on devait faire quelque chose d'un peu dangereux ou borderline, on ne te le dirait pas.* »

J'étais vexée. Sacrément vexée même. Ils auraient pu me dire directement qu'ils me trouvaient ennuyeuse, chiante à crever…

Tout ça à cause d'un jeu. De simples paris balancés par Kate, ma meilleure amie, et Drew, mon petit copain. J'avais refusé de participer jusque-là, mais je me suis sentie peu à peu exclue. Alors je leur ai assuré que j'accepterais un pari, n'importe lequel. Et ils n'ont pas caché leur surprise, ni ce qu'ils pensaient de moi.

Oui, je suis trop sage. Oui, leur jeu ne m'intéresse pas. Mais il a fallu que dans un accès de fierté mal placée, je les mette au défi de... me lancer un défi !

Je suis aussi ridicule que leur jeu !

Je souffle, et ouvre les yeux une nouvelle fois. Nouveau coup d'oeil à l'heure.

Une heure du matin et je ne dors toujours pas.

Fais chier.

La chaleur devient insupportable, je transpire et cette insomnie qui persiste ne m'aide pas du tout. Mais je vais leur prouver que je ne suis pas la « bonne soeur » qu'ils connaissent, que je sais m'amuser en faisant quelque chose de nouveau, de « dingue ». Il n'y a pas que Kate qui sait se lâcher !

Même si elle a une bonne longueur d'avance sur moi...

Kate, Drew et moi sommes étudiants dans un cursus préparatoire pour intégrer l'école de médecine de New York. Je suis ravie d'avoir choisi cette voie, même si ma mère n'arrête pas d'insister – à chaque connexion Skype – pour que je vienne étudier à Paris. Elle me répète que nous pourrions partager la même passion pour cette science extraordinaire qui permet de soigner les gens, que je pourrais faire mon stage dans ma ville natale, peut-être même dans son hôpital. Que je peux aller encore plus loin dans une spécialisation, voire devenir professeure en médecine, avec mes excellentes notes grâce à mon travail et ma détermination.

Mais ici, j'ai Drew et mon père. En plus, cette année, j'obtiendrai mon *bachelor's degree*, le diplôme qui va me permettre d'entrer en école de médecine pendant quatre ans. Ensuite, je verrai bien. Drew m'a assuré que le titre de médecin généraliste serait suffisant pour ma carrière. Je pourrai exercer tout de suite sans faire encore d'autres années d'étude et d'internat interminables. Drew me connaît bien. Nous nous sommes rencontrés lors de notre première année d'université. L'année prochaine, nous emménagerons ensemble dans un appartement et, à la fin de nos études, nous ouvrirons ensemble notre cabinet médical.

Un bip émane de mon smartphone et stoppe mes réflexions. Je cherche mon portable des yeux puis finis par le trouver sous le livre posé sur ma table de nuit.

Un message de Drew.

Je soupire. Que me veut-il à cette heure ? Ce n'est pas avec lui que je risque de m'endormir.

Pourquoi je m'énerve contre lui ?

Refoulant mon agacement au fond de moi-même, je lis son SMS :

[Tu ne dors pas.]

Comment fait-il pour toujours savoir ce que je fais ?

Je lève les yeux au ciel puis lui réponds :

[Non.]

Un autre message de lui ne tarde pas.

[Tu vas vraiment relever un défi ? Peu importe lequel ?]

Je suis persuadée qu'il sait que son manque de confiance en moi va m'agacer et que je serai d'autant plus déterminée à jouer à leur jeu.

[Évidemment.]

Ma réponse a le mérite d'être claire. J'espère juste ne pas avoir à le regretter…

Chapitre 2

Alana

Nous sommes quatre à partager une amitié qui, je l'espère, durera bien après nos études : Drew, mon petit copain, Mike et Kate, nos meilleurs amis respectifs, et moi formons un groupe soudé. Et c'est avec eux trois que je m'apprête aujourd'hui à réaliser le défi qu'ils ont choisi. Je pensais qu'ils s'acharneraient à me trouver le plus original et le plus difficile des paris à tenir, mais je n'y étais pas du tout. Je ne m'attendais pas une seconde à ce *genre* de défi. Mais tant mieux ! Je suis soulagée de n'avoir que *ça* à faire pour prouver à mes amis que je peux me décoincer.

C'est donc le jour J, celui où je dois me rendre à un speed dating à Manhattan, un quartier branché de New York. Déguisée en femme fatale, je porte une jolie robe noire, des talons aiguilles, un chapeau et des lunettes de soleil. Mon maquillage est... disons... prononcé.

Pendant que je marche pour rejoindre l'endroit du rendez-vous, je ressasse les conditions du jeu. Pour respecter notre deal, il suffit que je participe à des entretiens minutés afin d'y rencontrer un homme. Drew s'est occupé de tout pour moi : trouver l'agence, m'inscrire, remplir le formulaire d'entrée. Maintenant, pour « gagner », je suis censée obtenir un rendez-vous avec quelqu'un d'un peu plus âgé que moi, environ la trentaine, charmant, puis accepter un premier rencard, en face-à-face, et enfin y aller.

Je soupçonne Drew d'avoir soudoyé les deux autres pour choisir seul le défi qui me serait donné. Parce que tout ça ressemble plus à un fantasme de mon petit ami qu'à un pari loufoque entre copains.

Mais s'il n'y a que ça pour le satisfaire, je suis son homme…
Enfin sa femme…

De toute manière, maintenant c'est trop tard, mes pas m'ont transportée jusqu'au bâtiment où vont se tenir les rendez-vous. Je m'arrête un instant, pile devant, pour prendre une profonde inspiration, pendant que mes yeux inspectent les lieux de plus près.

La devanture du café où le speed dating se déroule est très joliment décorée. C'est un bon début, même si c'est sans importance pour ce qui va se jouer à l'intérieur.

Après avoir jeté un dernier coup d'oeil à ma tenue, chassé une poussière invisible de mon manteau, je franchis la porte vitrée d'un pas assuré, en conservant mes lunettes de soleil sur le nez, comme pour mieux me cacher le rôle que je m'apprête à tenir.

À voir le nombre de personnes qui assistent à l'événement, c'est un business rémunérateur ! Sans perdre plus de temps, je me dirige vers ce qui semble être le point d'accueil, afin de signer la feuille de présence, puis me dirige vers la première table. C'est à ce moment-là que le stress m'envahit sournoisement. Je parviens tout juste à le chasser lorsque mon premier « client » s'approche et s'assied en face de moi. Pendant que je l'observe, le sablier commence à s'écouler.

Un sourire carnassier aux lèvres, l'homme me détaille minutieusement et en silence, avant d'enfin prendre la parole :

– Vous êtes obligée de garder vos lunettes de soleil ?

Drôle de façon de draguer ! Je fais ce que je veux, non ? Et disons qu'elles ont le mérite de cacher mes cernes. S'il continue dans le registre des reproches, j'abrégerai l'entretien.

– Enfin bon, c'est vous qui voyez. Mon ex-femme pensait que...

Je reste bouche bée alors qu'un flot de paroles ininterrompu sort de ses lèvres.

– Lors d'un voyage au... C'est comme ça que j'en suis venu à aimer les... Vous voyez du coup je cherche le plaisir... Une nuit peut être suffisante...

Son discours, son allure, son sourire genre voyeur, ses doigts aux ongles pas nets me donnent la nausée. S'il n'y avait personne dans ma vie et que j'étais à la recherche d'un homme, je ne le choisirais certainement pas.

Fort heureusement pour moi, l'heure tourne. Quand l'alarme sonne, je n'ai pas eu la possibilité de placer un seul mot, mais mon supplice est terminé.

Soulagée qu'il déguerpisse sans me faire de proposition, que j'aurais de toute façon refusée, je passe au suivant. J'enchaîne les entretiens à une allure folle, sans pour autant trouver le profil idéal, celui que mes amis m'ont demandé de trouver. Je n'avais pas conscience de m'être engagée dans un marathon !

Dépitée, j'arrive enfin au dernier.

Personne ne pourra m'en vouloir s'il n'y a pas de beau trentenaire dans le lot, non ?

Le candidat de la dernière chance prend place sur la chaise en face de moi, me laissant tout le loisir de l'examiner. Sans permission, mes yeux s'accordent le droit de vagabonder sur sa personne. Il ne paraît pas en être incommodé, bien au contraire.

Bel homme.

Sourire parfait.
Aspect soigné.
Au moins 30 ans.
Cela me va. L'espoir renaît !

Sans perdre une seconde, comme s'il était pressé d'en finir, il m'annonce :

– Mon patron cherche une femme pour du long terme. Il est seul et a besoin de compagnie voire plus si affinités.

Il n'est donc qu'un intermédiaire. L'agence l'a-t-elle autorisé à participer à ce speed dating en sachant cela ou bien a-t-il pris le risque d'enfreindre la règle ? Et puis pourquoi son boss n'est pas venu lui-même ? Après tout, peu importe, ce qu'il me faut c'est quelqu'un rentrant dans le moule du pari pour que je le gagne !

Et après, fini les paris d'ados et les fantasmes bizarres de Drew ! Retour à ma vie chiante pour certains, parfaite pour moi !

Ne me laissant pas le temps de m'exprimer, l'homme répond à la question qui me trotte dans la tête en ce moment même :

– Il n'a pas pu venir aujourd'hui, car c'est un homme d'affaires très occupé. Vous êtes la femme qu'il lui faut. Il est grand, beau, intelligent et détient une belle petite fortune. Cela vous convient ?

– Comment pouvez-vous être certain que je suis bien la femme qu'il recherche ? dis-je étonnée, la curiosité piquée malgré moi.

– J'en suis sûr c'est tout, me répond-il.

Je lève les yeux au ciel.

– Mais encore ? insisté-je.

Il soupire avant de répondre :

– Parce qu'il a un faible pour les blondes, teint pâle, cheveux longs et qui sont intelligentes. Je vous ai écoutée lors de votre dernier tête-à-tête, vous êtes loin d'être bête, ça se sent tout de suite. Vous vous appelez Alana. Et puis, vous êtes Française, non ?

Troublée, je me gratte la tête puis croise mes jambes. Le fait qu'il évoque mes origines me renvoie à l'histoire du divorce de mes parents et à mon arrivée ici pour rejoindre mon père quelques mois plus tard. Ma mère, restée seule à Paris, avec qui je parle assez peu depuis, me manque. Mon père qui n'a jamais pu reconstruire sa vie me fait de la peine. Ce sont deux êtres qui s'aimaient encore, mais qui ont décidé de rompre pour des motifs professionnels. La distance qui en amour ne pardonne pas... a changé nos trois vies. Des souvenirs bien tristes pour nous tous.

Perturbée, je me secoue mentalement pour revenir à l'instant présent et je réponds en bafouillant :

– Comment savez-vous mon prénom ? Et que je suis Française ?

– La fiche de l'agence que vous avez remplie, et votre léger accent qui me le confirme.

Mais oui, la fiche !

– Donc, il recherche une femme française, reprend l'homme en face de moi. Ne me demandez pas la raison, je ne pourrais pas vous répondre. Disons qu'il a eu sa dose avec les Américaines. Ça vous va comme explication ?

– Puis-je au moins avoir son nom et peut-être une photo de lui ?

Il se frotte le nez, renifle puis un nom de famille s'échappe de sa gorge.

– M. Tombson. Maintenant, je dois vraiment y aller. Vous ne vous engagez pas pour la vie de toute façon, juste pour un rendez-vous. Et je vous assure que M. Tombson est quelqu'un de bien, mais vous en jugerez vous-même, balance-t-il d'une traite. Si rien ne se passe entre vous, je n'aurais plus qu'à faire un autre speed dating pour chercher quelqu'un qui pourra lui correspondre. C'est à prendre ou à laisser : vous n'en saurez pas plus pour l'instant. Alors ?

– Bon... c'est OK.

Tout ce que je veux, c'est quitter cet endroit avec un nom, alors j'acquiesce rapidement et accepte son offre. Je crois que la lassitude que j'ai accumulée à la suite de mes précédents échanges a eu raison de moi !

– Si vous le permettez, je vais prendre une photo de vous. Ainsi il vous reconnaîtra lorsque vous aurez votre rendez-vous.

J'acquiesce d'un mouvement de tête, marque la pose sans retirer mes lunettes. Il s'exécute et conclut notre entretien. L'homme est pressé, il semble mal à l'aise. Nous échangeons rapidement nos numéros de téléphone, puis il jette un coup d'oeil furtif à sa montre avec une moue, comme s'il était en retard. Pendant que j'examine sa carte de visite, qui ne porte qu'un numéro de téléphone sur un fond noir, il me transmet les informations pour la suite :

– Il vous appellera lui-même pour votre premier rendez-vous, ou alors vous écrira un SMS, cela dépendra de son emploi du temps. Ah, vous devrez impérativement porter la même tenue qu'aujourd'hui et les mêmes lunettes de soleil. C'est important : il veut à tout prix vous rencontrer telle qu'il aurait pu vous voir aujourd'hui. Cela peut vous paraître étrange, mais il y tient absolument.

Il se lève alors avec un sourire en coin.

– Et ensuite ? lui demandé-je avec curiosité.

– Ensuite, si nous sommes d'accord, votre relation se poursuivra. Dans le cas contraire, elle s'arrêtera.

– C'est vous qui déciderez pour lui ? ironisé-je, un peu étonnée par cet emploi du « nous ».

L'homme baisse la tête, confus.

– Je… non ce n'est pas ce que je voulais dire. Il veut juste ma première impression, c'est tout. C'est lui qui tranchera au final, bien entendu.

Notre entretien s'achève ainsi. L'homme se retire hâtivement, sans plus d'explication. Je me lève à mon tour, stupéfaite par ce qui vient de se passer pendant ces trois minutes. Un employeur qui laisse le soin à son employé de lui trouver une compagne ! C'est vraiment hors du commun. Mais ça a le mérite de m'avoir intriguée.

Ça ne peut pas faire de mal un peu de piquant dans ma vie qui est peut-être un peu trop morne finalement !

Eh, attends une minute, il ne m'a même pas donné sa photo en retour !

Peut-être que l'homme que je dois rencontrer est défiguré ? Cela expliquerait qu'il ne soit pas venu en personne… Ou alors…

Peu importe, je ne cherche pas mon âme soeur !

Je range mes affaires sous le regard désemparé d'une autre participante assise non loin de moi.

– Il a trouvé ! lui dis-je avec mon plus beau sourire.

Elle garde le silence en prenant un air résigné. Après l'avoir saluée sans qu'elle n'y prête vraiment attention, je prends congé et sors précipitamment. *Moi aussi, j'ai trouvé !* Il ne me manque plus qu'un seul rendez-vous, le vrai, et le pari sera gagné. Finalement, c'était plutôt amusant et relativement facile !

Alors que je m'approche de la voiture de Drew, je sens les battements de mon coeur accélérer. Sans que je ne comprenne vraiment pourquoi, j'ai l'impression que cette rencontre va provoquer une véritable éruption volcanique dans ma vie.

Avant d'entrer dans le véhicule, je prends une grande inspiration pour retrouver un peu de sérénité. Dès que je suis dans l'habitacle, l'atmosphère me paraît électrique. Je reprends ma place à côté de Drew puis l'embrasse passionnément. Mon rouge à lèvres couleur corail laisse des marques sur les lèvres de ma moitié. Drew semble surpris par mon soudain élan de passion.

Quant à mes amis, ils sont impatients de connaître le moindre détail de mon speed dating et trépignent sur la banquette arrière. Kate frappe des mains et tape des pieds comme si elle m'applaudissait, Mike n'arrête pas de me dire « raconte ! » en élargissant ses yeux et en levant les sourcils en même temps. Drew tapote le volant avec ses mains.

Volontairement, je fais durer le suspense avec un sourire diabolique.

– Alors ? Alors ? me répète Kate, en plaçant sa tête entre Drew et moi.

J'enlève mes lunettes de soleil et brandis la carte de visite que j'ai récupérée, savourant ma victoire comme une gamine.